Michael Rodewald

Neue Wege

Vorwort

Glücklich darüber, dass sie sich nach sechs Monaten, in denen sie getrennte Wege gingen, wieder gefunden haben, entdecken Martina und Daniel zu ihrer Freude sehr schnell, dass sie mittlerweile dieselbe, erotische Vorliebe teilen. Aber schon bald ergeben sich erste Irritationen, Eifersucht und Auseinandersetzungen. Denn Martina besteht darauf, ihre Beziehung mit ihrer Freundin Annika fortzusetzen.

Letztendlich kommen dadurch überraschende Entwicklungen in Gang, die zwei Paare in eine ungewöhnliche Beziehungskonstellation abseits der sogenannten Normalität führt. Kann so etwas gut gehen - oder verbrennen sich alle Beteiligten?

Wie auch schon im ersten Buch "Die Unterwerfung", das die sogenannte "normale Sexualität" mit einem Fragezeichen versieht, stellt dieser erotische Roman darüber hinaus die gesellschaftlich favorisierte Monogamie in den Brennpunkt, ohne die Schwierigkeiten außen vorzulassen, die zwangsläufig entstehen, wenn sich Liebespartner im Rahmen ihrer Beziehung offen auch auf andere einlassen.

www.michael-rodewald-autor.de

Bibliografische Information der Deutschen
Nationalbibliothek:
Die Deutsche Nationalbibliothek verzeichnet diese
Publikation in der Deutschen Nationalbibliografie;
detaillierte bibliografische Daten sind im Internet über
http://dnb.dnb.de abrufbar.

Herstellung und Verlag: BoD – Books on Demand,
Norderstedt

ISBN: 978-3-7322-4159-0

Inhaltsverzeichnis

1. Kapitel Wiedersehensfreude

Innig umarmt schlenderten sie langsam vom Schweizer Platz in Richtung seiner Wohnung in Frankfurt-Sachsenhausen. Sie hatten sich im März dieses Jahres kennengelernt, im Mai getrennt und jetzt, im Dezember, wieder zusammengefunden. (E-Book/Print "Die Unterwerfung").

"Gehen wir zu mir?", fragte Daniel auf dem Weg.

Martina, eng an ihn geschmiegt, lächelte glücklich: "Ja." Es war so lange her, dass sie mit ihm zusammen gewesen war und das Verlangen nach ihm schien übermächtig. Es gab soviel zu erzählen – aber das konnte warten.

Und als er die Tür hinter ihnen schloss und sie sich wortlos ansahen, zögerte sie nicht länger. Sie ging auf ihn zu und küsste ihn hungrig, während sie mit den Händen unter seinen Pullover schlüpfte, seine warme Haut sehnsüchtig erfühlend - und kurz darauf nestelte sie bereits an seiner Hose.

"Da hat es aber jemand eilig", lächelte Daniel beglückt und zog sie mit sich in Richtung Schlafzimmer, wo sie auf dem Bett landeten, sich gegenseitig ungeduldig die Sachen ausziehend.

Und schon zog ihn Martina hungrig auf sich, um ihn endlich stark und heiß in sich zu fühlen. Stöhnend streckte sie sich unter ihm: "Ich habe dich so sehr vermisst!"

Daniel bewegte sich feurig in ihr, einem heißen und unbändigen Verlangen nachgebend. Überschäumend verausgabte er sich, während sie unter ihm die Beine um ihn schlang und ihn anfeuerte.

Aber er war noch nicht bereit, zu kommen – und so hielt er inne, um sie mit sich und auf sich zu ziehen.

Martina bewegte sich jetzt genussvoll auf seinem Glied auf und ab, während er mit den Händen ihre Brüste knetete und schließlich zog er sie sehnsüchtig zu sich, um sie erneut leidenschaftlich zu küssen. Und wieder drehten sie sich, Martina legte sich auf die Seite und führte ihn sanft an die andere Öffnung. Sie schloss die Augen und erregte sich dabei, während er langsam in sie hinein glitt und sich sanft in ihr zu bewegen begann. "Ich liebe dich, Martina."

"Und ich liebe dich, Daniel", flüsterte sie stöhnend, im wonnigen Genuss vergehend, "es gibt so viel zu erzählen."

Aufgeregt erhöhte er leicht das Tempo, bis sie keuchend mehr verlangte. Hinter ihr kniend stimulierte er sich, bis sein Glied wunderbar hart in seiner Hand lag und, als er hörte, dass sie immer erhitzter nach ihm verlangte, drang kraftvoll in ihre lüsterne Grotte vor, um sie mit heißer Leidenschaft zu nehmen, während sie laut stöhnte und schrie, sich der gewaltigen Ekstase ergebend. Daniel ließ sich stürmisch gehen und spürte, wie er in ihr zerfloss, während sie ein zweites Mal aufschrie. Ihren Namen rufend zog er sie danach fest an sich. Aufgewühlt lagen sie eine ganze Zeit ineinander verschlungen.

"Ach", meinte Martina schließlich seufzend und räkelte sich, "das war gut!"

Daniel streichelte sie zärtlich. "Du bist wieder bei mir", meinte er dann, "und das ist alles, was zählt."

Sie sahen sich an und Martina stützte sich halb auf den Ellbogen: "Weißt du, ich war so wütend damals, so enttäuscht und verletzt. Ich habe diese Zeit gebraucht, Daniel."

Er überlegte, was er sagen wollte, aber sie bedeutete ihm, dass sie noch nicht am Ende war. Nach einer kurzen Pause fuhr Martina fort: "Und ich war unendlich verwirrt. Weil mich das, was geschehen war, auf der anderen Seite auch angemacht hatte."

Sie sah ihn einen Moment ruhig an und sagte dann: "Ich habe seitdem in der Zeit viel darüber erfahren und auch, dass es anders ablaufen kann, Daniel. Und ich habe meine eigenen Erfahrungen damit gemacht."

Daniel erkannte, dass sie jetzt abwartete, was er dazu sagen würde. Gleichzeitig nahm er eine ungewohnte Festigkeit in ihr wahr; sie bat weder um Verzeihung noch um Verständnis.

Natürlich spürte er sofort einen Anflug von Eifersucht. Da war also wirklich jemand gewesen, wie er es im ersten Augenblick intuitiv richtig erkannt hatte. Auf der anderen Seite war es auch eine wunderbare Überraschung. Denn ... das würde ja bedeuten ... er musste es unbedingt genauer wissen.

Daniel nahm einen tiefen Atemzug: "Was auch immer du erlebt hast, Schatz, du bist wieder bei mir und ich bin unendlich glücklich darüber. Das ist das Wichtigste. Aber was meinst du damit: Es hat dich auch angemacht und du hast damit eigene Erfahrungen gemacht?"

Martina sah ihn fest an und sagte: "Es macht mich total an, nicht zu wissen, was passieren wird und mich dabei vollkommen fallen zu lassen. Und ich erlebe die Lust intensiver, wenn ich dabei auch einen leichten Schmerz erfahre."

Daniel starrte sie so an, dass sie instinktiv verstummte. In ihm schien es gewaltig zu arbeiten und schließlich meinte er bewegt: "Komm her."

Er zog sie in seine Arme und begann, langsam zu erzählen, was seitdem in ihm vorgegangen war. Angefangen von seiner Verzweiflung und der Scham, dass ihm die Kontrolle so entglitten war. Dann das Eingeständnis seiner heimlichen Wünsche, die er gerne mit ihr verwirklicht hätte und wie er irgendwann entschieden hatte, sich damit kennenzulernen, um damit umzugehen.

Martina spürte, wie aufgewühlt er war, während er sie fest im Arm hielt und stockend erzählte, und hörte bewegt und staunend zu.

Daniel berichtete, dass er sich bei einer Kontaktbörse angemeldet hatte und Nicky kennengelernt hatte, mit der er seine Erfahrungen machen konnte. Dass er durch sie viel über sich selbst erfahren hatte und auch, wie er letzten Endes seine Fantasien so umsetzen konnte, dass es einer Partnerin Freude machte, vorausgesetzt, sie wollte es und war offen dafür.

Und zum Schluss gestand er ihr leise ein, dass ihm jetzt klar sei, dass er damals so ziemlich alles falsch gemacht hatte, was man nur falsch machen konnte.

Martina kuschelte sich noch enger an ihn. "Das hört sich unglaublich gut an", meinte sie nach einer Weile leise. Das war wirklich traumhaft, dachte sie vollkommen überrascht. Denn sie hatte mit völlig anderen Gesprächen gerechnet.

Daniel fragte schließlich neugierig: "Und du? Was für Erfahrungen hast du gemacht?"

So erzählte sie ihm von Annika, der Burgparty, die Dreier-Session mit Annika und Finn und schließlich von der Zeit mit Jan.

"Weißt du, Daniel, mittlerweile denke ich, es ist wichtig, miteinander über alles offen zu reden und gerade über geheime Wünsche. Damals", schloss sie nachdenklich, "da hatte ich das Gefühl, ich könnte dir nie wieder vertrauen."

Plötzlich nahm sie wahr, dass er Tränen in den Augen hatte.

"Hey", meinte sie weich, "ich liebe dich."

Sie beugte sich zu ihm, nahm seine Tränen auf und küsste ihn mit einer schmelzenden Süße, die er leidenschaftlich erwiderte.

"Ich will dich so sehr", stöhnte er und tauchte erneut in sie ein, sich langsam in ihr bewegend.

"Ich brauche dich, Martina, und ich wünsche mir, dass wir unsere Sehnsüchte und Wünsche miteinander teilen."

Sie lächelte glücklich, seine Bewegungen wohlig erwidernd: "Das wünsche ich mir auch."

Daniel hielt inne und fuhr ihr zärtlich durch ihre Haare: "Du bist irgendwie anders, meine Liebling. Ich muss gestehen, ich bin eifersüchtig auf Jan. Ich hätte das alles mit dir entdecken und erleben sollen."

Sie schaute ihn undurchdringlich an und lächelte dann spitzbübisch: "Eifersüchtig, hmh? Ein bisschen Strafe muss sein!"

Daniel schaute sie verblüfft an. Ist das noch die Frau, in die ich mich verliebt hatte, fragte er sich, während er jetzt ihren Schoß genussvoll durchpflügte und sie sich stöhnend unter ihm wand. Wer war diese aufregende, ihn um den Verstand bringende, Traumfrau?

"Am liebsten möchte ich dir sagen, was ich alles mit dir anstellen werde, meine Süße", flüsterte Daniel ihr plötzlich ins Ohr. "Gibt es etwas, was du dir jetzt wünschst?"

"Einfach nur dich."

"Sag mir, was dich jetzt anmachen würde", forderte er liebevoll.

Sie sahen sich beide an und Martina schlug schließlich vor: "Lass es uns langsam angehen, Liebster. Ich bin gerade einfach nur glücklich, dass wir wieder zusammen gekommen sind."

Daniel küsste sie innig und sie erwiderte mit einer Süße, sodass sie sich nur noch dieser wunderbaren, starken

Intensität hingaben, bewegt und still ihr neues Zusammensein genießend.

2. Kapitel Aufregende Entdeckung

Am Sonntag nach dem Frühstück bummelten sie in der Stadt herum und Martina schlug vor: "Was hältst du davon, wenn wir irgendwo essen gehen und später machen wir eine schöne Session bei mir? Ich habe alles dafür in meiner Wohnung. Lass uns doch heute mal bei mir übernachten."

Daniel warf ihr einen Blick zu, der seine hingerissene Begeisterung verriet, andererseits stellte er wieder mal fest, dass seine Martina mit einem Selbstbewusstsein auftrat, das sie im Frühjahr noch nicht gehabt hatte. Was wieder für einen erneuten Anflug von Eifersucht sorgte.

"Hey", meinte sie sofort, "was ist?"

"Alles gut", grinste er, "ich muss mich nur ein wenig an meine neue Frau gewöhnen!"

Martina lachte und sagte: "Ja, ich habe mich wohl ein wenig verändert! Irgendwie war es ein Durchbruch in eine andere, unbekannte Welt. Und ich habe das Glück gehabt, wirklich tolle Freunde dafür kennenzulernen. Hmh ... sag mal, siehst du eigentlich Nicky noch?"

"Nein, ganz sicher nicht. Das hat sich jetzt erledigt, mein Schatz", erwiderte Daniel.

"Warst du in sie verliebt?", fragte Martina, ihn aufmerksam ansehend.

Daniel schmunzelte in sich hinein und sagte, während sie Arm in Arm gingen: "Nicht wirklich. Es war anfangs sehr aufregend und mir ging es ähnlich wie dir. Eine neue Welt, eine neue Dimension ... und sie war die richtige Partnerin, um all das zu erleben. Aber letzten Endes hatte der Reiz bereits abgenommen. Ich möchte all das lieber mit der Frau erleben, die ich liebe."

Er zog sie zu sich und küsste sie verlangend. Martina lehnte sich schließlich atemlos in seinem Arm zurück und strahlte hingebungsvoll: "Das will ich auch."

Daniel lachte und flüsterte ihr ins Ohr: "Ich will dich, Liebste, und am liebsten sofort hier und jetzt!"

Eine Weile standen sie innig umarmt, ließen diese aufregenden Gefühle fließen und gingen dann wieder weiter. Sie hatten sich wieder gefunden - für alles Weitere würden sie sich Zeit lassen.

"Und du, bist du in Jan verliebt?", fragte Daniel nach einer Weile so gleichgültig wie möglich, während er sie unauffällig ansah.

Martina lächelte, blieb stehen und schaute ihm direkt in die Augen: "Nein."

Während sie weitergingen stellte sie klar: "Jan war das, was Nicky für dich war. Er ist ein sympathischer und offener Mann. Es war lustig, sehr locker und gut mit ihm, Daniel. Durch ihn habe ich viel gelernt und erfahren."

Aber immer noch sah er sie von der Seite aus prüfend an.

Martina fügte an: "Und in der letzten Zeit hatte das Bedürfnis abgenommen, mich mit ihm zu treffen. Das Thema war durch, Daniel, und mir wurde klar, wie sehr ich dich liebe. Hätten wir uns nicht gestern durch Zufall getroffen, so hätte ich dich wahrscheinlich heute angerufen."

Daniel nahm einen tiefen, erleichterten Atemzug und gedankenversunken wanderten sie vor sich hin.

"Und was ist mit Annika und Finn?", fragte er nach einer Weile neugierig.

"Annika ist meine Freundin und ich möchte, dass sie das auch bleibt. Das heißt auch, dass ich ab und zu einen reinen Mädelsabend haben werde. Mit ihr und Finn zusammen, das war toll, aber auch eine einmalige Sache."

Daniel sagte nichts dazu und stellte nach einer ganzen Weile fest: "Du hast dich wirklich auf viel eingelassen, mein Schatz. Das war stark."

"Ja, vielleicht war es das. Aber ich meine, ich hatte gute Weggefährten dafür und habe mich gut und sicher gefühlt, sonst wäre es nicht so gelaufen."

"Du machst mich sowas von neugierig auf dich, meine Frau", flüsterte er in ihr Ohr, während seine Erregung langsam zunahm und er an ihrem Ohrläppchen knabberte.

"Und ich freue mich sehr darauf, mich später in deine Hände zu geben", gab Martina tiefgründig lächelnd zurück.

Wow, dachte Daniel nur noch, während eine gewaltige Hitze in ihm hochstieg.

"Ich glaube, ich brauche gleich eine kalte Dusche", lachte er schließlich und zog sie mit sich. So schlug er vor, dass sie in ein schönes, italienisches Restaurant in Sachsenhausen gingen. Dort saßen sie einige Zeit, während er sie immer wieder gedankenvoll in einem neuen Licht anschaute.

Sie erzählte von ihrer Mutter, dass sie in der Zwischenzeit einige neue Aufträge bekommen hatte und von ihrem Buch, dass fast fertig war. Er erzählte von seiner Arbeit in der Bank, aber auch von der Zeit ohne sie und dem Karton mit ihren Sachen im Keller. Als sie danach zu ihrer Wohnung gingen, genossen sie die Weihnachtsbeleuchtung und bummelten noch ein wenig herum.

Schließlich schloss sie die Wohnungstür auf und lud ihn auf die Couch ein.

Im Grunde war er seit ihrem ersten Kennenlernen so gut wie gar nicht bei ihr gewesen, ging es ihm durch den Kopf, während er sich umschaute. Es war fast so, als ob sie sich neu kennenlernen würden. Und Martina hatte es sich wirklich gemütlich eingerichtet, stellte er fest. Voller Vorfreude wartete er jetzt auf sie. Der erste Hunger war gestillt und er wollte es in Ruhe angehen, sodass es für sie beide ein schönes Erlebnis wurde, sozusagen das gemeinsame, erste Mal, dachte er bei sich.

Als Martina mit einer Weinflasche und zwei Gläsern zurückkam, sah sie, dass Daniel sich auf der Couch entspannt zurückgelehnt hatte und ihr seine Arme entgegenstreckte, als er sie sah.

Sie legte sich zu ihm und so lagen beide gedankenverloren mit dem Glas Wein in der Hand zusammen.

Schließlich meinte sie: "Magst du mal von deinen Wünschen erzählen?"

"Tja", lächelte er, "ich würde dich gerne gefesselt vor mir sehen, meine Süße. Mich macht es unglaublich an, wenn du mir vollkommen wehrlos ausgeliefert bist."

Daniel streichelte sie zärtlich und fuhr ganz offen fort: "Und es macht mich auch an, wenn ich zur Luststeigerung mit verschiedenen Möglichkeiten bis an deine Schmerzgrenze gehen darf."

"Wie würdest du das denn tun wollen?", fragte Martina jetzt aufmerksam nach.

"Das entscheidest letzten Endes du", erklärte Daniel. "Ich richte mich dabei ganz nach dir. Du musst mir sagen, was ich für dich tun darf."

Eine prickelnde Spannung breitete sich jetzt aus. Plötzlich erhob sich Martina und holte ihre Utensilien.

Daniel erkannte überrascht, dass es ähnliche Spielzeuge waren, die er von Nicki bereits kannte. Sie setzte sich neben ihn und legte alles auf den Tisch: eine Gerte, einen Federpuschel, gefütterte Handschellen für die Hände und die Füße, verschiedene Schnüre, eine Rolle, auf der sich mehrere Meter Schnur zum Fesseln befanden, eine kleine Handpeitsche und eine schwarze Augenbinde.

"Wow", stellte Daniel ehrlich begeistert fest, "das gefällt mir!"

Er zog sie an sich und meinte, während er sie zu küssen begann: "Hey, ich lerne dich gerade ganz neu kennen ... und es macht mich an!" Wieder innehaltend fragte er: "Und was ist dein Safeword? Wann soll ich aufhören?"

Martina sah ihn an und spürte, dass die Emotionen in ihr doch noch hochkochten. Gestern hatte sie gedacht, dass sie lange Gespräche mit ihm führen musste, um ihn langsam an das heranzuführen, was sie wollte. Und nun? Er war bereits dort und streckte ihr die Hand entgegen ... Wortlos kuschelte sie sich an ihn, während sich unerwartet ein paar Tränen ihren Weg suchten.

"Was ist denn?", fragte Daniel erschrocken, während er sie zu sich drehte, dass er sie ansehen konnte.

Sie lehnte sich an ihn und lächelte unter Tränen: "Ich habe all das nicht erwartet, Daniel. Weißt du, damals wusste ich plötzlich nicht mehr, ob du nur in der Erregung die Kontrolle verloren hattest oder ob du absichtlich so rücksichtslos warst ... weil du meiner so sicher warst..."

"Nein, nein, mein Schatz, so etwas darfst du gar nicht denken", unterbrach Daniel sie aufgeregt.

"Finn und Annika haben immer wieder mal den Ansatz gemacht, dass ich mit dir reden sollte, aber irgendwie war ich nicht soweit."

Was hatte sie nur von ihm gedacht! Daniel zog sie eng an sich und saß betroffen da, während sie in seinem Arm ihr Herz erleichterte.

Schließlich nahm Martina einen tiefen Atemzug: "Und so verrückt es klingt: Das Erlebnis mit dir hat mich in diese neue Welt hineingeworfen und danach wollte ich unbedingt mehr darüber erfahren. Im Nachhinein gesehen, habe ich gelernt, aktiver meine Wünsche zu äußern und selbst dafür zu sorgen, dass es mir mit allem gut geht. Und vielleicht musste ich das erst einmal ohne dich tun."

"Ja, vielleicht ist das so", meinte Daniel langsam. Er reichte ihr das Weinglas und wieder verstrich einige Zeit, in der sie still zusammen saßen und ihren Gedanken nachgingen.

"Ach ja", sagte Martina plötzlich, während sich ihre Miene wieder aufhellte: "Mein Safeword ist "Stopp! Und noch etwas will ich dir zeigen."

Sie nahm seine Hand und zog ihn lächelnd mit sich in ihr Schlafzimmer: "Über der Tür habe ich einen Haken angebracht, da kannst du mich fesseln oder ..."

Daniel stand vor ihr und entdeckte fassungslos, dass sich außerdem noch Ösen in der Wand, in Höhe der vier Ecken des Türrahmens, befanden. Sein Hals wurde trocken und er schluckte mühsam. In seinem Kopf wirbelten sofort die aufregendsten Bilder, was er hier alles mit ihr tun konnte, durcheinander und eine unbeschreibliche Erregung stieg in ihm auf.

Er sah Martina sprachlos an und der Funke schien auf sie überzuspringen, denn sie sagte plötzlich kein Wort mehr, und, während sich ihr Atem beschleunigte, tastete sie nach dem Türrahmen hinter sich, um sich hingebungsvoll dagegen zu lehnen und schaute ihn mit großen Augen an.

Daniel machte einen Schritt vor und ließ sie seine Erregung fühlen: "Schau, was du mit mir machst." Seine Hände wanderten verlangend und heiß über ihren Körper. Martina schloss die Augen und seufzte voller Wonne.

"Sag mir, wie du es willst", flüsterte Daniel ihr ins Ohr, während er ihr langsam die Sachen abstreifte, "ich liege dir zu Füßen, meine Göttin."

"Verbinde meine Augen", bat sie erregt, "und hol die Handschellen für die Füße und Hände ... vergiss die Gerte und die Peitsche nicht."

Sie legte sich die Handschellen um und er befestigte diese dann mit Schnüren an den vier Ösen in der Wand.

Daniel stand einen Moment wie angewurzelt vor ihr - es sah so schön aus und unbeschreiblich aufregend. Er umfasste sie und drückte sich eng an sie, um sie heiß und begierig zu küssen und legte ihr dann die Augenbinde um.

"Sag mir, was du fühlst", bat sie atemlos.

"Ich sehe dich vor mir und es bringt mich um den Verstand", sagte Daniel. Er fuhr mit den Händen warm und fest über ihren Körper und dann hinunter zu ihrer kleinen Knospe, die er sanft zu massieren begann, während er ihre aufgerichteten Brustwarzen in den Mund nahm du daran knabberte.

"Das kannst du bis zur Schmerzgrenze tun", ächzte sie, "mehr nicht."

Sein Finger wühlte schließlich verlangend in ihrem Schoß und sie stöhnte: "Fang mit der Gerte an ..."

Martina warf den Kopf zurück und fragte sich, unbeschreiblich erregt darauf wartend, was er als nächstes tun würde.

Der erste Hieb kam auf den Po, den er zunächst sanft bearbeitete, während er sie immer wieder aufheizte, bis sie nach stärkeren Schlägen rief. So ließ er sich an der Kehrseite etwas heftiger aus, bis sie begann, an den Fesseln zu ziehen und laut nach ihm zu verlangen, da die Lust immer glühender in ihr zu wühlen begann. Und als er mit der Hand fühlte, wie sie unter seiner Behandlung auszufließen begann, eroberte er ihren Schoß und nahm sie leidenschaftlich, während sie ihre Lust Ausdruck verlieh.

Nach einiger Zeit löste Daniel die Hände und Beine von den Ösen und trug sie zum Bett, um sie dort zärtlich und aufgeregt in die Arme zu nehmen.

"Meine Göttin, meine Traumfrau", flüsterte er zärtlich und liebkoste sie sanft, um schließlich die Handschellen der Hände zusammenzuschließen und sie oben am Bett zu befestigen.

Mit heißen Küssen wanderte er nach unten, um sie mit dem Mund und den Händen so zu erregen, dass sie zappelnd kurz vor dem Höhepunkt stand. Er knabberte fester an ihren Brustwarzen, bis sie "Stopp!" schrie und erstürmte erneut mit heißen Stößen ihren nassen Schoß. Aber noch gab er ihr nicht die so hitzig ersehnte Erlösung. Heftig atmend auf ihr sitzend ergriff Daniel die kleine Peitsche und strich damit genießerisch über ihren bebenden Körper.

"Ja", stöhnte sie außer sich, "ich will dich so sehr ... mit der Peitsche ... bitte ..."

Liebevoll gab er ihr einen sanften Hieb, aber sie forderte sofort: "Stärker!" So er holte aus und ließ voller Wonne die vielen, weichen Lederstriemen auf ihre Haut klatschten, sodass sie sich ihm entgegen bog und ekstatisch seinen Namen schrie. So angefeuert versank er taumelnd in einem feurigen, leidenschaftlichen Akt. Und wieder verlangte sie stürmisch nach seiner Behandlung und er hörte sie so lustvoll und wild aufschreien, dass er fast die Kontrolle verlor. Sich mühsam beherrschend erregte er sie jetzt so, dass sie in einem gewaltigen Orgasmus ihren Höhepunkt fand und er sich dann ebenfalls in einem überschäumenden, animalischen Finale ergoss. Daniel löste noch ihre Fesseln und dann lagen sie beide eine Weile entrückt und verschwitzt nebeneinander.

"Aaah ... das war der pure Wahnsinn!"
Martina streckte sich genussvoll und kuschelte sich unendlich glücklich bei ihm ein. "Das war erst der Anfang", flüsterte sie ihm schließlich zu.

Kapitel 3 Irritationen

Als sie am Montag an der Kasse saß, schaute Annika immer wieder neugierig zu ihr hin und in der Pause fragte sie natürlich: "Hey, was ist los mit dir – du glühst ja förmlich! Hast du dich etwa verliebt?"
Martina umarmte ihr Freundin und flüsterte nur vielsagend: "Daniel ... wir haben uns ausgesprochen."
Annika sah sie fragend an und Martina antwortete lächelnd: "Nach der Arbeit ins Café?"
Aber als die Arbeit beendet war und sie beide herauskamen, stand Daniel da, um sie abzuholen. Martina fiel ihm um den Hals und stellte ihm Annika vor.
"Daniel, das ist meine Freundin Annika."
"Hey Annika", sagte Daniel.
"Hey Daniel", grinste Annika ihn an, ihn neugierig musternd.
"Wir wollten gerade ins Café gehen – kommst du mit?", Martina küsste ihn innig und strahlte ihn an.
Daniel stand vor ihr und dachte, dass sich wirklich alles verändert hatte. Früher hatte es nur ihn gegeben und nun schien nichts mehr selbstverständlich zu sein. Eigentlich wollte er ... aber andererseits war es eine gute Gelegenheit, ihre neue Freundin mal kennenzulernen. Den Mädelsabend wollte sie ja beibehalten, das hatte sie ihm sehr entschlossen angekündigt. Und so war er einverstanden und sie marschierten los. Martina hatte sich bei ihm eingehängt und Annika sich ganz selbstverständlich bei ihr. Einen interessierten Blick auf Annika werfend sah er eine attraktive Blondine, die Wärme und Herzlichkeit ausstrahlte.
Im Café bestellten sie beide heiße Schokolade und Daniel nahm einen Espresso.

Annika dachte daran, dass Daniel seit Beginn ihrer Bekanntschaft immer wieder Gesprächsthema gewesen war. Er war etwas älter als ihre Freundin und hatte eine gewisse, dominante Ausstrahlung, was ihr sofort gefiel. Ein paar graue Strähnen begannen sich in seinen dunkelbraunen Haaren abzuzeichnen und er war locker, aber gut gekleidet; sie erinnerte sich, dass Martina mal erzählt hatte, dass er Banker war. Und als er mal kurz für kleine Jungs ging, stellte sie fest, dass sich ihr ein schöner, knackiger Hintern präsentierte. Als er wieder zurückkam und sich setzte, sprach er sie an: "Und ihr habt euch also damals kennengelernt?"

"Ja", meinte Annika fröhlich, "wir haben schnell einen Draht zueinander gehabt."

Daniel musterte sie jetzt genauer und dachte, dass er es gut nachvollziehen konnte, dass Martina sich zu ihr hingezogen gefühlt hatte. Wirklich eine sehr reizvolle Frau ... Unwillkürlich fragte er sich, wie es wohl für Martina mit Annika im Bett gewesen war. Den Gedanken beiseite schiebend erinnerte er sich daran, dass Annika und ihr Freund Finn Martina immer wieder ermuntert hatten, mit ihm zu reden – da hatten sie einiges gut bei ihm.

"Das freut mich", sagte Daniel jetzt herzlich. "Das hat ihr sehr gut getan. Und du - wir können doch du sagen?"

"Klar doch", erwiderte Annika sofort.

"Prima. Also du und dein Freund, vielleicht essen wir mal alle vier was zusammen?"

Annika freute sich und so plauderten sie noch über verschiedenes, bis sie aufstand und sich verabschiedete. Martina erhob sich ebenfalls und Annika ergriff ihre Hände: "Und wann sehen wir beide uns, Süße?"

"Ich glaube, diese Woche eher nicht...", Martina warf Daniel einen liebevollen Blick zu, "aber nächste Woche vielleicht wieder?"

Annika lächelte bedeutungsvoll: "Schon verstanden. Wir treffen uns ja im Markt und dann sehen wir weiter. Tschüss." Sie umarmte Martina und gab ihr einen zärtlichen Abschiedskuss: "Ich freue mich sehr für dich!"

Nachdem sie gegangen war, setzte sich Martina und nahm Daniels Hand: "Und, wie findest du sie?"

"Nett", meinte er locker und grinste dann vielsagend, "und sehr attraktiv, mein Schatz."

"An was du gleich denkst...", rümpfte Martina die Nase.

"Ja, an was denke ich denn?", lächelte er sie entspannt und herausfordernd an.

Martina erwiderte sein Lächeln, während sie dachte, dass sie sich beide wirklich neu kennenlernten. Sie hatte ein neues Selbstbewusstsein entwickelt und er wurde anscheinend ebenfalls mutiger, mehr von sich zu zeigen. So hatte sie ihn früher gar nicht wahrgenommen. Okay, dachte sie, kein Ritter mehr, aber der Mann, den ich liebe. Mal sehen, was da noch so auf mich zukommt.

"Männer", pustete sie ihm entgegen. "Andererseits kann ich's dir auch nicht verdenken", ergänzte sie nach einem Moment fröhlich, "Annika ist eben eine Augenweide, nicht wahr?"

"Ja", sagte Daniel langsam. "Das ist sie. Dennoch habe ich nur Augen für dich, Liebste."

Dabei zwinkerte er sie so lustig an, dass sie lachen musste und ihn küsste.

"Hey, das ist schon in Ordnung. Und außerdem ist Annika vergeben; Finn ist ein toller Mann. Ich freue mich, dass du ein gemeinsames Essen vorgeschlagen hast."

Schließlich bezahlte er und sie gingen ebenfalls.

Die Woche über waren sie wechselweise bei ihm oder bei ihr. Daniel hatte nach dieser bahnbrechenden Sitzung an jenem Sonntag vorgeschlagen, doch auch mal Ösen in seiner Wohnung anzubringen.

Und nach einem Besuch im Baumarkt nahm er einiges mit und sie überlegten gemeinsam, wo sie diese anbringen wollten. Natürlich montierte er die ersten so, dass sie im Türrahmen stehen konnte. Aber auch eine Öse hinter dem Bett oder an der Decke war eine Option. Es blieben immer noch einige übrig und er meinte, während er sie sorgfältig verstaute, dass ihnen vielleicht noch etwas dafür einfiel.

Dann besuchten sie gemeinsam den Laden, in dem sie mal mit Annika gewesen war und schauten sich verschiedene Spielzeuge für Erwachsene an. Daniel schlug eine aufregende Spreizstange mit Fußfesseln vor und ein Halsband, an dem ein langes Satinband mit Klettverschluss eingehängt werden konnte. Am Rücken hinunterfallend wurden in Hüfthöhe die auf dem Rücken verschränkten Hände fixiert.

"Das hier gefällt mir. Was hältst du davon, Liebling?", er sah sie fragend an.

"Fühlt sich gut an", meinte Martina nachdenklich, das Band prüfend in der Hand haltend. "Wir sollten es ausprobieren."

"Nein, nein, das ist nichts für mich", meinte sie entschieden, als er ihr als nächstes Nippelklemmen vor die Nase hielt. Eine andere Sache waren Bettfesseln, die wie Gurte unter der Matratze durchgezogen wurden, an denen sie dann rechts und links fixiert werden konnte. Sie sahen dazu sehr dekorativ aus, aber, als sie auf das Preisschild sah, kommentierte sie nur noch trocken: "Sehr schön ... aber schön teuer!"

Wortlos nahm Daniel ihr das Paket lächelnd aus der Hand und legte es in den Einkaufskorb: "Das geht auf mich, mein Schatz."

Sie betrachten noch einen Mundknebel, bei dem sofort klar war, dass sie ihn beide nicht wollten; dazu würde er ihre Schreie viel zu sehr genießen, flüsterte er ihr mit einem Kuss ins Ohr.

Abschließend zog Martina ihn zu der Dildo-Ecke und fragte ihn, ob er es sich für sich selbst vorstellen könnte. Sie würde durchaus auch gerne mal einmal etwas für ihn tun. Etwas sprachlos starrte Daniel sie einen Moment lang an. Diese Frau überraschte ihn wirklich immer wieder von Neuem!

"Also ich weiß nicht, das ist nicht so mein Fall, Liebling", meinte er schließlich lachend.

Um Sessions dieser besonderen Art zu genießen, wollten sie sich mehr Zeit nehmen und dafür waren die Wochenenden besser geeignet als die kurzen Abende in der Woche. Mit erregender Vorfreude wurden die Utensilien ausgepackt und erhielten einen besonderen Platz in Daniels Schlafzimmer.

Als sie abends zusammen auf der Couch lagen, meinte Martina gedankenvoll: "Es ist schön, wieder hier bei dir zu sein. "Ich hatte die Zukunft mit dir total losgelassen. Mir kommen unsere zwei Monate damals wie eine lang vergangene Zeit vor. Alles fühlt sich so anders an ..." sie schaute auf ihr Weinglas, "... wie ein guter Wein, der eine Reifung erfahren hat."

"Gut gesagt", nickte Daniel, "das unterschreibe ich glatt. Ich bin froh, dass wir beide uns für dieselbe Richtung entschieden haben. Es hätte durchaus auch anders kommen können. Klar, ich hätte versucht, dich da heranzuführen. Aber vielleicht wäre es nichts für dich gewesen und dann hätte ich damit leben müssen. Aber so..."

Daniels Hände wanderten genussvoll über ihren Körper und landeten fest in ihrem Schritt, eingedenk ihrer letzten Session: "Ich lasse dich jetzt nicht mehr gehen, mein Schatz!"

Sie streckte sich in seinen Armen und zog ihn zu sich, um ihn leidenschaftlich zu küssen.

"Mmmh ... ", seufzte sie schließlich, "ich bin so unendlich glücklich! Aber mal was anderes, Liebster." Martina richtete sich etwas auf und nahm wieder ihr Weinglas. "Ist das für dich in Ordnung, dass ich mir immer mal einen Abend für Annika freihalte? Du hast bisher nichts dazu gesagt."

"Naja", meinte er nach einem Moment langsam, "sie ist deine Freundin. Wenn sie dir so wichtig ist ..."

"Prima, das freut mich!"

Aber im Grunde wollte er Martina mit niemandem teilen, dachte er bei sich. Doch er spürte, dass Annika ihr wichtig war und sie in ihrem Leben einen Platz eingenommen hatte. Leicht seufzend entschied er, dass er sich das vorerst erst einmal anschauen würde. Plötzlich erschien ein weiterer Gedanke und er fragte: "Schlaft ihr eigentlich noch miteinander?"

Martina setzte sich jetzt ganz auf und sah ihn an: "Ja, immer mal wieder und das möchte ich auch nicht ausschließen."

Nachdenklich saß Daniel da und trank einen Schluck. Ups, dachte er, denn das gefiel ihm überhaupt nicht mehr und Martina, die ihn genau beobachtete, stellte klar: "Du bist eifersüchtig, oder?"

Er erwiderte nichts, während er das Glas in seiner Hand betrachtete, es hin und her drehend. Eifersüchtig ...? Bisher kannte er dieses Gefühl kaum und hätte ihm das vorher jemand auf den Kopf zugesagt, hätte er nur lachend mit dem Kopf geschüttelt. Aber jetzt? Er stellte das Glas auf den Tisch, sah sie direkt an und gab zu: "Ja."

"Los", sagte sie ermunternd, "spuck aus, was du sagen willst."

Okay, dachte Daniel, und begann: "Es geht mir gegen den Strich, auf Deutsch gesagt. Du bist mit mir zusammen, wie kannst du da weiter mit ihr schlafen wollen?"

Martina schaute ihn regungslos an, während ihre Gedanken Rad schlugen. Wie sollte sie damit umgehen? Im Grunde hatte sie darüber noch gar nicht weiter nachgedacht, denn Finn hatte kein Problem damit. Eine Lösung hatte sie nicht parat; das Einzige, was ihr einfiel, war, dass sie weiter offen miteinander darüber sprachen.

"Also", meinte sie schließlich, "du willst also, dass ich nicht mehr mit ihr schlafe. Aber was ist mit schmusen, küssen und kuscheln? Wo ist da die Grenze und ist das überhaupt möglich? Annika und ich, wir mögen uns, aber ich bin nicht verliebt oder will eine Beziehung mit ihr. Klar, natürlich habe trotzdem eine Art von Beziehung mit ihr, aber für sie steht Finn an erster Stelle. Und das ist für mich genauso, Daniel."

Daniel dachte, dass sich das ja alles gut anhörte, aber er spürte genau, wie diese ungewohnte Eifersucht an ihm nagte.

"Sag, was du denkst", bat Martina, "mir ist es wichtig, dass wir offen miteinander reden. Keine Geheimnisse."

"Also gut", meinte er, nahm ein Schluck Wein und stellte das Glas auf den Tisch, sie direkt ansehend. "Ja - ich bin eifersüchtig, Martina. Ich will dich ganz für mich allein haben", brach es heftig aus ihm heraus.

"Oh", sagte sie leise. Jetzt war es wohl soweit, dachte sie, ihre erste Auseinandersetzung. Und auf einmal schien eine Toleranz in weiter Ferne.

"Wie, du willst mich ganz für dich alleine haben?", erwiderte sie, während sie überlegte, was sie weiter sagen wollte.

"Ich will nicht, dass du mit jemanden anderen schläfst, wenn wir zusammen sind", stellte Daniel unmissverständlich klar.

Martina sagte eine Zeitlang nichts und schaute bedrückt auf das Glas in ihrer Hand. "Gut", sagte sie schließlich, "dann haben wir ein Problem. Ich will die Beziehung mit Annika weiterleben, so wie sie ist, und auch mit dir zusammen sein und du willst das nicht."

Sie lehnte sich jetzt zurück und stellte fest, dass er sie aufmerksam ansah.

Daniel hatte sie nachdenklich beobachtet, als sie über seine Worte nachsann. Dabei ging ihm durch den Kopf, wie mutig sie ihren Weg in der Zwischenzeit gegangen war und am Ende, trotz allem, was sie anfangs von ihm hatte denken müssen, hatte sie sich ihm wieder geöffnet. Und das auf eine sehr gefestigte Weise. Sich an die letzte Session erinnernd sah er auch, dass ihre wunderbare Hingabe, die sie dabei zeigte, aus einer inneren Stärke heraus kam. Und er wusste, dass er das beurteilen konnte. Während der Zeit mit Nicki hatte er auf den Events vieles gesehen, was ihn innerlich den Kopf hatte schütteln lassen: Frauen, die sich demütigen und, in seinen Augen, erniedrigen ließen und Männer, die über diese Niederlagen versuchten, ihr eigenes, schwaches Selbstbewusstsein aufzuwerten.

Das war bei Martina nicht der Fall und so wollte er sie auch nicht - er liebte ihren Stolz und ihren Mut, sich auf diese besondere Weise mit ihm einzulassen. Aber würde er auch mit den Folgen ihres gewachsenen Selbstbewusstseins leben können?

Daniel setzte sich dicht neben sie und nahm ihre Hand in seine: "Ich habe mich noch nie so eifersüchtig wie jetzt erlebt, mein Schatz, und, ganz ehrlich, am liebsten möchte ich dich mit niemandem teilen." Sie sahen sich still an und dann fuhr er fort: "Wir wollten doch offen reden. Du sagst, du willst die Beziehung mit Annika weiterführen. Nun ja, sie war in der Zeit, in der ich nicht da war, für dich da und ich vermute mal, sie war dir eine große Stütze in jeder Hinsicht und hat dir gut getan. Ich verstehe, dass du den Kontakt mit ihr fortsetzen willst, aber warum miteinander schlafen?"

"Das ist keine Kopfentscheidung, Daniel", erwiderte Martina jetzt. "Wenn wir zusammen den Abend verbringen, sind wir sehr zärtlich miteinander, kuscheln zusammen, reden und dann kommt immer mal auch eine erotische Spannung dazu, der wir beide nachgeben. Nicht mehr und nicht weniger. Ich verstehe nicht, warum du da ein Problem siehst; wir treffen uns zwar regelmäßig, aber das auch nur ab und zu und letzten Endes geht für uns beide unsere Beziehung zu unseren Männern vor."

Wie zwei Ringer standen sie sich jetzt gegenüber, dachte er kurz, als er in ihre funkelnden Augen sah. Und so sagte Daniel langsam: "Klar, ich kann jetzt den Despoten heraushängen lassen, auf den Tisch hauen und dir sagen, dass das nicht in Frage kommt." Er seufzte und meinte dann: "Aber genau das will ich nicht. Ich will ich dich so, wie ich du jetzt bist, Martina."

Er lächelte sie liebevoll an. "Ich finde dich unglaublich aufregend und sexy. Und du steckst voller Überraschungen ... aber ich weiß nicht, wie ich damit klar kommen werde."

"Mit deiner Eifersucht", ergänzte sie.

"Ja, mit meiner Eifersucht."

"Versuchen wir es doch mal", bat Martina. "Überleg doch mal, was du brauchst, damit du dich besser fühlst."

Daniel schüttelte den Kopf. "Das ist es nicht, Martina. Der Punkt ist: Ich will dich, nicht mehr und nicht weniger. Und wenn Annika für dich jetzt mit dazu gehört ... tja, dann muss ich das wohl akzeptieren. Aber was das für mich heißt, das weiß ich noch nicht. Und ich kann dir da nichts versprechen."

"Ich finde es toll, dass du es versuchen willst", meinte Martina erleichtert. "Möchtest du, dass ich dir erzähle, was gelaufen ist oder lieber nichts sage, wenn ich den Abend mit Annika verbracht habe?" Verdutzt sah er sie an: "Ähm... das sage ich dir dann schon. Schauen wir mal."

Ein paar Tage später vereinbarte sie mit Annika, dass sie in der darauffolgenden Woche den Mittwochabend miteinander verbringen würden.

Am Freitagabend nach der Arbeit, als sie mit Annika aus dem Markt kam, wurde sie von Daniel bereits erwartet, der das Wochenende mit einem gemeinsamen Essen in einem Restaurant beginnen wollte. Martina verabschiedete sich von ihrer Freundin und hakte sich freudestrahlend bei ihm ein.

Unterwegs ging ihm durch den Sinn, dass ihm zwei bildschöne Frauen, beide blond und jede auf ihre Weise sehr anziehend, aus dem Markt entgegen gekommen waren, als er davor gestanden hatte. Und erneut fragte er sich, was wohl zwischen den beiden ablief, wenn sie zusammen waren. Annika hatte längere Haare, ein reizendes, leicht exotisch anmutendes Gesicht und einen üppigen Busen ... wie sie wohl nackt aussah? Den Gedanken energisch beiseite schiebend fragte er sie nach ihrem Tag heute und später gingen sie zu ihm.

Am Samstagmorgen wachte er früh auf und begann, während sie weich und warm vor ihm lag, sich genüsslich in sie hineinzuschieben und sie mit langsamen Bewegungen, wie ein Dornröschen, aus dem Schlaf zu erwecken. Und schon streckte sie sich ihm brummend entgegen. Daniel liebte sie, diese entspannten Vereinigungen am Morgen und er wusste, dass sie es ebenso genoss.

"Guten Morgen, meine Schöne", brachte er heraus, während er sich leicht aufrichtete. Sein Blick fiel plötzlich auf ihre neuen Utensilien auf dem Sideboard und seine Erregung stieg. Die Veränderung spürend folgte sie seinem Blick.

"Das machen wir später, oder?"

"Komm, sag mir, was du jetzt magst", flüsterte Daniel immer erregter, während er sie zunehmend kraftvoller nahm.

"Ich will, dass du dir meinen Po vornimmst. Du kannst das auch mit der Hand machen", stöhnte sie, ihm nachgebend. Sie drehte sich auf den Bauch, erwartungsvoll daliegend und er begann, voller Wonne ihren betörenden Po sanft mit der flachen Hand zu bearbeiten, während sie sich der aufsteigenden Hitze hingab. Seine andere Hand erregte sie gleichzeitig unerbittlich und Martina wand sich schließlich vor juckender Lust, immer drängender nach ihm verlangend. Aber Daniel stand langsam auf, holte die Gerte vom Board und verstärkte genüsslich ihre heiße Lust, während er sie gleichzeitig fast bis zum Höhepunkt hochjagte. Schließlich entschied er, dass er sie lange genug hatte zappeln lassen und erstürmte ihren hitzigen Schoß so feurig, dass sie beide sehr schnell zum Orgasmus kamen.

"Das ... war unglaublich schön", hauchte Martina danach entrückt. Daniel lächelte zufrieden und zog sie an sich, während sie beide wieder einschliefen. Erst später am Vormittag machten sie sich auf, um in die Stadt zu gehen.

In der Innenstadt bummelten sie gemütlich herum, sich einige Geschäfte ansehend, als sie auf der Zeil einen Arbeitskollegen von Daniel trafen. Ein circa 35-jähriger, gutaussehender Mann, hellblonde, kurze Haare und strahlend blaue Augen, die sie hinter einer interessanten Designer-Brille anschauten, stand plötzlich vor ihnen.

"Hey Daniel, auch unterwegs?"

"Martin, wie geht's? Wir sind zum Einkauf hier und bummeln dann noch ein wenig herum. Das ist übrigens meine Martina."

"Hallo Martina", meinte Martin, während er sie kurz von Kopf bis Fuß musterte. Was er sah, schien ihm zugefallen, denn ein anerkennender Blick erschien in seinen Augen. Männer, dachte sie bei sich, innerlich grinsend, haben auch wirklich nur das Eine im Kopf. Sie erwiderte lächelnd und gab ihm die Hand, die er unmerklich länger festhielt.

Dann wandte er sich wieder Daniel zu: "Du Glückspilz. Wo hast du sie nur kennen gelernt?"

"Ehre, wem Ehre gebührt, mein Freund", lachte Daniel.

"Aber dich trifft irgendwann auch noch der Schlag. Nur Geduld."

"Das sagt der, dessen Kühlschrank gut gefüllt ist. Wie sieht es aus: Gehen wir einen Kaffee trinken?"

Daniel schaute Martina fragend an und als sie nickte, suchten sie sich ein kleines Café auf der Zeil.

Die beiden Männer unterhielten sich über die Arbeit in der Bank und die verschiedenen Vorgänge, die diese Woche gelaufen waren. Martina saß mehr oder weniger still daneben. Aber es war interessant, Daniel im Kontakt mit seinem Kollegen zu beobachten. Die Finanzwelt war ihr fremd und die beiden schienen mehr oder weniger die meiste Zeit vor dem Bildschirm auf ihrem Arbeitsplatz zu hocken, um zu sehen, wann und wo die besten Geschäfte für ihre Kunden zu machen waren.

"Aber wir wollen doch nicht länger über die Arbeit reden, das ist doch für Martina bestimmt nur langweilig?"

So aus ihren Gedanken gerissen sah sie auf und in Martins funkelnde, blaue Augen, die sie jetzt unergründlich ansahen.

"Ist schon okay", murmelte sie.

"Was machst du so, beruflich, meine ich?", fragte er und beugte sich interessiert vor.

"In jedem Fall nichts mit Finanzen", erwiderte Martina lächelnd, "ich schreibe Bücher und Artikel als freiberufliche Autorin und verdiene mir den Rest, was ich zum Leben brauche, an der Kasse dazu."

"An der Kasse? So eine intelligente und hübsche, junge Frau sollte nicht an der Kasse sitzen müssen", stellte Martin sofort klar, mit einem vorwurfsvollen Blick auf Daniel.

Dieser warf ihm nur einen amüsierten Blick zu, reagierte jedoch nicht darauf. Beide schauten sie jetzt abwartend an. Etwas verwirrt fragte sich Martina, was das hier eigentlich für ein Spiel werden sollte. Schließlich sagte sie unmutig: "Was hat das mit hübsch und intelligent zu tun, Martin? Ich lebe das Leben, so wie ich es will und dazu gehört auch das. Außerdem mag ich den Job."

"Gut, gut, ich habe nichts gesagt", zog sich Martin elegant zurück und schenkte ihr ein strahlendes Lächeln. "Aber das kann sich ja alles noch ändern."

Egal, wie gut er aussah, dachte sie, allmählich wurde er ihr unsympathisch.

"Es wird Zeit", sagte Martina entschlossen und sah Daniel auffordernd an, "wir haben doch noch etwas vor. Wollen wir uns aufmachen?"

Als sie bezahlt hatten und sich verabschiedeten, behielt Martin ihre Hand in seiner und schaute sie treuherzig an: "Da bin ich wohl in ein Fettnäpfchen getreten, ich großer Elefant! Ich bitte um aufs Innigste um Vergebung."
"Na gut", meinte Martina lachend, während sie ihm ihre Hand mühsam entzog, "es gibt noch einmal Bewährung."
Martin klopfte Daniel zum Abschied kurz auf die Schulter, winkte ihr lässig zu und verschwand in der Menge.
"Wer war das denn?!", fragte Martina Daniel.
"Tja, das ist unser Martin, wie er leibt und lebt. Er hat bestimmt mit jeder Frau in der Abteilung schon etwas gehabt und hält sich für unwiderstehlich. Du hast dich wirklich tapfer geschlagen, meine Süße!"
Daniel grinste sie stolz an und drückte ihr einen Kuss auf die Backe.
"Hey", sagte Martina, jetzt leicht verärgert, "sollte das etwa ein Test werden?"
"Nein, nein, ich wäre schon dazwischen gegangen, wenn er sich zu viel herausgenommen hätte", erwiderte Daniel, während er ihr zärtlich über die Wange strich.
"Aber ich war mir sicher, dass meine mutige und selbstbewusste Frau das selbst regelt", flüsterte er ihr ins Ohr, einen weichen Kuss hinterher legend. "Und das hast du ja auch", murmelte er und knabberte sanft an ihrem Ohrläppchen.
"Du Filou", lachte sie jetzt. "Sind alle Männer in deiner Abteilung so drauf?"
"Das kann so man nicht sagen. Aber du wirst alle kennenlernen – wir haben nächste Woche eine After-Work-Feier im Restaurant. Du kommst doch mit?"
"Wann wäre das denn?", fragte Martina, sofort an ihren Abend mit Annika denkend. Und natürlich war es genau der Tag … aber den konnte sie sicher verschieben.

Sie hatten entschieden, dass sie am Wochenende bei ihm bleiben wollten und, als sie zu Hause ankamen, machte er leise Musik an und begann, an der Küchenzeile die Steaks zu brutzeln, während er ihr Gemüse für einen Salat hinstellte.

"Wenn wir so weitermachen, sind wir bald ein gut eingespieltes Ehepaar", lachte sie ihm zu.

Daniel witzelte zurück: "In jeder Hinsicht eingespielt gefällt mir ... und trotzdem immer offen für eine aufregende Überraschung."

"Ich finde es schön, dass wir alles ruhiger angehen. Das ist auch etwas, was sich zwischen uns verändert hat", meinte Martina daraufhin.

"Und es ist nicht weniger aufregend", erwiderte Daniel fröhlich.

Martina summte vor sich hin, während sie den Salat zubereitete. Jetzt waren sie seit knapp einer Woche erst wieder zusammen und es fühlte sich alles so rundum gut an! Sie warf ihm hin und wieder einen lächelnden Blick zu, als er vor der Pfanne stand und seine Rosmarinkartoffeln überwachte, und fühlte sich, als wären sie schon lange verheiratet. Die erste Verliebtheitsphase war vorbei und alles schien in ein ruhigeres Fahrwasser zu münden. Und zu ihrer Freude hatte er mittlerweile auch ihre Sachen aus dem Keller geholt und so platziert, als wäre sie nie weg gewesen.

Als sie gegessen hatten und sich danach auf die Couch setzten, fragte er zärtlich und erwartungsvoll: "Und, worauf hat mein Schatz heute Abend Lust?"

"Hey, da kriegt wohl einer nicht genug?", fragte sie neckend.

"Na", meinte er, "du etwa nicht?"

"Nun, eine kleine Kostprobe hatte ich heute morgen ja schon", stellte sie klar. "Und auf meinem Hintern möchte ich später auch noch sitzen können."

"Oh, daran habe ich noch gar nicht gedacht", meinte Daniel betroffen.

Martina warf ihm einen vielsagenden Blick zu: "Mein Po ist jedenfalls immer noch gut temperiert."

"Mir hat es jedenfalls viel Freude bereitet", grinste er. "Vielleicht suchen wir uns andere Stellen aus, die noch etwas vertragen?"

Martina lachte und winkte ab: "Eher nicht – das reizt mich heute nicht mehr. Aber wie wäre es mit der Spreizstange und ich stelle mich damit vor den Esstisch..."

"Das hört sich verlockend an", brummte Daniel, während er näher rückte und sie mit sich zog, "ein guter Vorschlag. Vielleicht nehmen noch das Halsband mit der Handfesselung auf dem Rücken dazu."

"Ich lasse mich gerne überraschen", murmelte Martina, sich seinen feurigen Küssen wonnevoll ergebend.

Am Montag saß Martina gutgelaunt an der Kasse und sprach Annika in der Pause auf den Wunsch an, ihr Treffen einen Tag vorzuverlegen oder nach hinten zu verschieben. Aber so einfach war es nicht, wie sie angenommen hatte: Annika hatte mittlerweile an den anderen Abenden andere Verabredungen; schließlich war es die Vorweihnachtszeit. Und so war der Mädelsabend erst in der Woche vor Weihnachten möglich.

"Schade", meinte Annika in der Pause seufzend, "es sind bestimmt schon vier Wochen her, dass wir einen Abend zusammen hatten ..."

"Ja, aber das holen wir nach, Annie. In jedem Fall und unwiderruflich nächste Woche!", bekräftigte Martina.

"Wir lassen uns doch nicht von unseren Männern auseinander bringen?!", grinste Annika unsicher. Die leise Frage in den Augen ihrer Freundin lesend antwortete Martina fest: "In keinem Fall, Süße."

Kapitel 4 Beziehungsalltag

Die Tage verflossen nur so und Martina genoss in vollen Zügen ihr wiedergefundenes Glück. Daniel nahm sich die Zeit zwischen den Jahren frei und schlug vor, dass sie das ebenfalls tat, damit sie beide einen schönen Skiurlaub in die Alpen machen konnten. Auf die Frage hin, ob das nicht ein bisschen teuer sei, meinte er nur zufrieden, dass die Boni in diesem Jahr gut ausgefallen waren und sie sich das locker leisten konnten. Martina war noch nie Ski gefahren, aber offen dafür und so war der Urlaub schnell eine beschlossene Sache. An den Abenden und am Wochenende besuchten sie verschiedene Läden und suchten für sie die passende Kleidung, die Schuhe und die Ski aus. Daniel war seit Kindheit an mit seinen Eltern gefahren und hatte seine Sachen im Keller liegen.

Es war die Zeit der Weihnachtsmärkte und sie mochten es beide, in verschiedenen Städten über die Märkte zu bummeln und dabei die Stimmung zu genießen. Mal Mainz, mal Wiesbaden – und am nächsten Wochenende, den 4. Advent, wollte er mit ihr von Freitagnachmittag bis Sonntagabend einen Kurztrip nach Paris unternehmen. In der darauffolgenden Woche war Weihnachten und dann ging es schon in den Urlaub.

Und kurz vorher war ja auch noch das Treffen mit Annika, erinnerte sich Martina, da blieb kaum noch Zeit zum Luft holen. Heute, Mittwochabend, traf sich Daniels Team im Restaurant und morgen würde sie schon ein paar Sachen für den Kurzurlaub zusammenpacken.

Als sie aus dem Markt kam, stand Daniel mit seinem Auto gegenüber und winkte ihr zu, um sie abzuholen. Sie fuhren zu ihm, um sich schnell umzuziehen. Er trug einen Anzug und wünschte sich, dass sie mit dem figurbetonten Armani-Kleid erschien, das sie zusammen ausgesucht hatten, einschließlich der schwarzen, heißen Overknee Stiefel, die ihm so gefallen hatten. Auf ihre erstaunte Frage hin, ob das nicht ein bisschen overdressed sei für den Anlass, meinte er schmunzelnd, dass er eben ein bisschen mit ihr angeben wollte. "Du sieht einfach zum Anbeißen aus", stellte Daniel entzückt fest, als sie schließlich vor ihm stand.

In der Nähe des Restaurants gab es ein Parkhaus und so liefen sie die letzten Meter zu Fuß. Der Dezember war mild und sie sah schon von weitem, dass auf der Terrasse der Lokalität Heizstrahler aufgebaut waren, sodass die Gäste sowohl drinnen als auch draußen Platz nehmen konnten. Angekommen nahm er ihr den Mantel ab und fasste sie leicht um die Hüfte, um sich mit ihr einen Platz zu suchen, stolz die ersten, bewundernden Blicke seiner Kollegen wahrnehmend. Es war ein großes Buffet aufgebaut und eine Sängerin stand vor dem aufgebauten Klavier. Alles sehr geschmackvoll, dachte sie bei sich, während sie an einem Tisch Platz nahm und Daniel ihr Sandra, Rolf und noch einige andere vorstellte. Martin ließ es sich nicht nehmen, seiner Begeisterung über ihre Anwesenheit einen würdigen Ausdruck zu verleihen. Er hielt mit funkelnden Augen fest, dass ihr Glanz diese armselige Hütte in einem hellen Licht erstrahlen ließ. Martina sah ihn nur wortlos an und wandte sich dann Sandra zu. Daniel kam kurz darauf mit zwei Cocktails wieder und allmählich hob sich Stimmung. Sie bemerkte sehr wohl, dass Sandra sie genau musterte und sich scheinbar interessiert mit ihr unterhielt. Und als sie sah, wie sie Daniel, wenn sie sich unbeobachtet glaubte, lange Blicke zuwarf, wurde ihr einiges klar. Aber er hatte sich eben für sie entschieden, obwohl Sandra sich auch sehen lassen konnte. Warum musste man sich an jemanden festbeissen, der einen nicht wollte? Das war noch nie ihr Ding gewesen. Trotzdem war Sandra eine unterhaltsame Gesprächspartnerin und die Zeit verlief angenehm. Während Daniel gerade im Gespräch war stand sie auf, um auf das stille Örtchen zu gehen und ging danach auf die Terrasse, um ein bisschen frische Luft zu schnappen. Es war ein angenehmer Abend und Schnee würde wohl zu Weihnachten nicht mehr kommen. Einige Raucher tummelten sich in der Ecke und unterhielten sich. Plötzlich stand Martin neben ihr.

"Aaah ... das kleine Fräulein von der Kasse", strahlte er neckend und hielt ihr einen Cocktail hin.

"Oh, danke", murmelte Martina, während sie sich ergeben drein fügte.

"Und ihr macht bald Urlaub? Wo geht es denn hin?"

Zu ihrem Erstaunen konnte man sich auch ganz normal mit Martin unterhalten, stellte sie kurz darauf fest. Beim Thema Skifahren erzählte er kleine Anekdoten und gab abschließend ein paar Tipps dazu. Schließlich war es ja eine der unfallträchtigsten Sportarten. Er berichtete dann, dass es ihn allerdings eher in die warme Sonne zog – Südfrankreich zum Beispiel. Ob sie schon einmal in Saint Tropez gewesen war? Ihr einige Bilder auf seinem Handy zeigend deutete er auf ein schnittiges Boot, an dessen Steuerrad er stand und das im Hafen von Nizza lag. Wenn sie mal dort vorbeikäme, sollte sie ihm unbedingt Bescheid sagen – Zeit für eine kleine Tour auf dem Meer würde er sich immer nehmen.

"Schließlich arbeiten wir, um zu leben und nicht umgekehrt?", lächelte Martin sie gewinnend an.

"Wem sagst du das", meinte sie, "genau das ist auch mein Motto."

"Und was macht die Kunst?"

"Das nächste Buch liegt schon in den ersten Zügen und Aufträge für Artikel gibt es genug. Ich kann nicht klagen."

"In welchem Geschäft sitzt du eigentlich an der Kasse?", fragte er plötzlich.

Martina stutzte einen Augenblick, dachte dann aber achselzuckend, warum nicht, was soll's. Also erzählte sie es ihm.

"Ich muss sagen, das finde ich phänomenal", stellte er anerkennend fest, "eine Frau, die sich ihren Lebensunterhalt selbst verdient und dazu noch so eine atemberaubende Augenweide ist."

Martin musterte sie jetzt genüsslich von oben bis unten, lächelte bedeutungsvoll und ging einen Schritt auf sie zu.

Martina wich instinktiv vor ihm zurück und kommentierte trocken: "Darf ich mein Kleid jetzt wieder anziehen?" Dann wandte sie sich rasch ab, um wieder hineinzugehen. An der Terrassentür warf sie unwillkürlich einen kurzen Blick zurück und sah, dass er ihr nachschaute.

Plötzlich lief ihr ein Schauer über den Rücken, denn es war so, als würde man in einen Blick in einen Abgrund werfen, den man lieber nicht so genau kennenlernen wollte.

Zurückgekommen wurde sie von Daniel erfreut empfangen, der sie schon vermisst hatte. Sandra bedachte sie mit einem nicht zu deutendem Blick und als sie sich verabschiedeten, war sie fast erleichtert. Als sie Daniel darauf ansprach, reagierte er erstaunt. "Sandra? ... da täuscht du dich sicher, Schatz, wenn du meinst, sie hätte es auf mich abgesehen." Er war hochzufrieden, dass sie so gut angekommen war und das schien ihm zu genügen.

Abends, als sie sich bettfertig machte und sie beide noch ein wenig zärtlich schmusend zusammen lagen, dachte sie daran, dass ihre besonderen Sessions Highlights waren, für die sie sich eher an den Wochenenden Zeit nahmen. Ihr gefiel, dass es keinen Druck gab und sie oft ganz normal miteinander schliefen oder auch mal nur miteinander kuschelten. Bei dem Gedanken angekommen musste sie lächeln ... denn was war schon normal?

Am Donnerstag packte sie ihre Sachen zusammen, erledigte ihr Büro und am Freitagmittag holte er sie schon mittags ab, um zum Flughafen zu fahren. Paris war einfach nur traumhaft.

Daniel hatte für sie ein nettes Hotel in der Stadtmitte ausgesucht und so besorgten sie sich zwei Tageskarten für die Metro, um alle Orte bequem auch ohne Auto zu erreichen. Es gab viel zu besichtigen, dann die schillernden Weihnachtsmärkte und als sie am Sonntagabend wieder in Frankfurt ankamen, meinte Martina lachend, dass sie jetzt ein paar Tage Urlaub vertragen konnte!

"Das passt gut, denn am nächsten Wochenende sind wir für zwei Wochen weg", antwortete Daniel, während er sie verlangend küsste und in Richtung Schlafzimmer zog. Und als sie sich erwartungsvoll auf das Bett legte, beugte er sich seitlich und sie sah, dass er die Bettfesseln mit den hübschen Hand- und Fußmanschetten hervorholte, die er schon vorsorglich bereits unter der Matratze durchgezogen hatte. Daniel warf ihr einen fragenden Blick zu und Martina streckte sich genüsslich auf dem Bett aus und hielt ihm mit einem wohligen Laut ihre Hände hin.

Die neue Woche begann um 8.00 Uhr an der Kasse und es war die Hölle los, wie alle Mitarbeiter im Supermarkt bald feststellten. Ende der Woche war Weihnachten und die Leute kauften ein, als wären die Geschäfte wochenlang geschlossen.

"Hallo, hallo, schöne Frau", sagte plötzlich jemand und als Martina hochsah, stand Martin grinsend am Band. Sie hätte wohl besser auf ihren kurzen Impuls hören sollen, dachte sie sofort, aber nun war es nicht mehr zu ändern.

"Hallo Martin", erwiderte sie betont kühl, während sie seine Sachen einscannte.

"So reizend und so reserviert. Aber dafür besteht kein Grund, meine Liebe. Ich bin nur rein zufällig hier und dachte, ich sage mal kurz "Hallo".

Da seine Sachen jetzt durch waren, sagte sie ihm, was er zu bezahlen hatte, wünschte ihm reserviert einen schönen Tag und wandte sich dem nächsten Kunden zu.

Martin schien noch einen Augenblick unschlüssig dazustehen, aber es blieb ihm nichts anderes übrig, als weiterzugehen, da sie ihn komplett ignorierte und der nächste Kunde sich vorschob. Als sie sich nach einer Weile umsah, war er nicht mehr zu sehen.

In der Pause erzählte sie Annika davon und die meinte sofort, dass es ein Fehler gewesen war, ihm mehr von ihr zu erzählen. Solche Typen, die Eroberungen von Frauen wie Briefmarken sammelten, ließen erst mal nicht locker, da alles andere nicht in ihr egomanisches Weltbild passte. Sie entschied, dass sie die nächsten Tage nur zusammen aus dem Supermarkt gehen sollten.

Martina schaute sie verdutzt an und lachte dann: "Na hör mal, übertreibst du nicht etwas?"

Aber Annika schüttelte den Kopf und sagte, dass sie kein gutes Gefühl hatte. Der Typ war hier ungefragt aufgetaucht und das allein war schon übergriffig genug, stellte sie klar. Martina stimmte schließlich zu, aber als sie aus dem Markt kamen, wurde sie zu ihrer Freude von einem strahlenden Daniel erwartet, mit einem Strauß roter Rosen in der Hand. Sie verabschiedete sich von Annika, während Daniel dieser kurz zunickte und fiel ihm um den Hals.

Mittwochmorgen verabschiedete Martina sich von Daniel, der sie noch zur Arbeit gefahren hatte, und wünschte ihm einen schönen Abend. Heute traf sie sich mit Annika und sie würden sich erst morgen wiedersehen. Lächelnd dachte sie daran, dass er sie heute Morgen begehrlich geweckt hatte. Unwillkürlich kam ihr der Gedanke, ob es mit ihrem Treffen zusammenhing. Aber das war Unsinn, den Gedanken sofort verwerfend, als sie aus dem Auto ausstieg und ihm nachwinkte. Letzten Endes genossen sie beide diese Vereinigungen am Morgen immer wieder und gerne.

Im Markt war, wie auch am Montag, viel los, und Martin ließ sich nicht blicken. Aber als sie mit Annika aus dem Markt ging, stand er plötzlich vor ihnen.

"Wie wäre es mit einem kleinen After-Coffee - darf ich dich einladen?", meinte er mit seinem charmantesten Lächeln und hielt ihr seinen Arm hin, Annika völlig ignorierend. Verdutzt fragte sich Martina kurz, warum er ausgerechnet heute auftauchte, wo klar war, dass Daniel nicht kommen würde. Hatte er vielleicht im Büro etwas erzählt? Sie nahm sich vor, mit ihm darüber zu reden. Aber zunächst einmal musste sie wohl unmissverständlich deutlich werden.

"Hör mal, Martin, daraus wird nichts. Und du brauchst es nicht noch einmal versuchen, ich habe kein Interesse. Haben wir uns verstanden?!"

Martin stand vor ihr und sah sie unergründlich lächelnd an und wieder überkam sie dieses unangenehme Gefühl, dass sie auch schon auf der Party gehabt hatte.

"Mach's gut, Martin, und schöne Weihnachten", sagte sie entschieden und hakte sich bei Annika ein, um rasch mit ihr weiterzugehen. "Da hast du wohl doch recht gehabt", sagte Martina nach einer Weile aufatmend, als sich Annika plötzlich misstrauisch umsah: "Du, ich glaube, der folgt uns!"

Sie drehte sich jetzt ebenfalls um, aber es war wohl nur ein Schatten gewesen, denn Martin war nicht zu sehen.

"Gehen wir zu mir oder zu dir?"

Lass uns zu mir gehen", meinte Martina.

Als sie es sich auf der Couch mit einer Kanne Weihnachtstee gemütlich machten, sprachen sie noch kurz über ihren aufdringlichen Verehrer, wie Martina schmunzelnd meinte. Aber Annika war nicht zum Lachen zumute und bat sie eindringlich, vorsichtig zu sein. Wenn die keinen Erfolg mit ihren Eroberungen hatten, konnten solche Typen sehr unangenehm werden.

"Ruf mich sofort an, wenn mal was sein sollte, dann nehme ich Finn mit und wir machen ihm Beine", sagte sie abschließend.

"Versprochen. Aber jetzt genug davon, das ist er gar nicht wert!"

Annika wollte natürlich endlich wissen, wie sie wieder mit Daniel zusammen gekommen war und war neugierig, wie es denn jetzt mit ihm lief. Und so saßen sie angeregt plaudernd zusammen, bis sie feststellten, dass es schon fast Mitternacht war. Aber als sie später im Bett nebeneinander lagen und miteinander noch ein wenig schmusten, wurde auf einmal doch mehr daraus.

"Annie", seufzte Martina danach, als sie sich ineinander verschlungen und entspannt in den Armen lagen, "das war einfach unglaublich gut und schön. Und für dich?" "Ich habe unser Zusammensein total vermisst", murmelte Annika zufrieden, während sie ihr zärtlich durch die Haare strich und ihr einen Gutenachtkuss gab. "Schlaf gut, Süße", hörte sie noch und dann war sie schon im Land der Träume.

Am Donnerstag standen sie gemeinsam auf und Martina verabschiedete Annika mit einer zärtlichen Umarmung und, eingedenk der Nacht, mit einem langen Kuss. "Wir werden uns erst im neuen Jahr wiedersehen, Liebste, und vielleicht planen wir dann mal unser Essen zu viert?" "Machen wir, Süße. Ich wünsch dir einen tollen Urlaub und grüß mir deinen Mann."
"Er findet dich übrigens sehr attraktiv", murmelte Martina, während sie sich erneut zu ihr beugte, "was ich ihm nicht verdenken kann..."
"So", seufzte Annika und löste sich widerstrebend von ihr, "ich muss gehen."
Martina begleitete sie bis zum Markt und holte sich dann ein paar Brötchen vom Bäcker auf dem Heimweg.

Der Abend mit Annika hatte gut getan. Weibliche Ansprache war einfach durch nichts zu ersetzen, dachte Martina und sie konnte anders mit ihr reden als mit Daniel. Und dass die Erotik mit ihr so intensiv aufgeflackert war, nachdem die eigentlich in den letzten Monaten etwas eingeschlafen war, überlegte sie, war toll. Vielleicht war es auch die lange Pause gewesen.
Sich rundum wohl fühlend bereitete sie den Skiurlaub vor, der ab Samstag starten sollte und erledigte, was sonst noch so anstand. Auf die Uhr schauend stellte sie

erfreut fest, dass Daniel bald Feierabend hatte und beschloss, ihn zu Hause mit ein paar Leckereien zu überraschen, die sie bei einem Feinkostgeschäft holte.

Bei ihm angekommen bereitete sie den Tisch mit Wein und Kerzen vor, machte leise Musik an und legte sich gemütlich auf die Couch mit ihrem Laptop, um an dem neuen Buch noch ein wenig weiterzuarbeiten. Der damalige Erfolg ihres Erstlingswerks wollte sich einfach nicht einstellen, dachte sie mal wieder enttäuscht. Trotzdem wollte sie nicht aufgeben. Immerhin hatte sie den Vorteil, dass ihr Name bekannt geworden war, was ihr die zusätzlichen Aufträge für die Zeitschriften einbrachte, für die sie jetzt regelmäßig schrieb. Ab und zu fragte sogar immer noch jemand für ein Interview an oder schrieb etwas über sie.

Das Click-Clack der Tür hörend beendete sie ihren Satz, klappte den Laptop zu und erhob sich.

Daniel öffnete die Tür und sah Martina strahlend auf sich zukommen. Erfreut, mit einem Blick auf den liebevoll gedeckten Tisch, stellte er fest, dass gegen ihren Abend nichts einzuwenden war, wenn er danach so empfangen wurde.

Er stellte seine Tasche hin, um sie in den Arm zu nehmen und ausgiebig zu küssen, bis sie ihm das Hemd aufknöpfte und die Hose öffnete. Daniel stand ihr in nichts nach und ihre Sachen fielen achtlos auf den Boden, während eine unbändige Gier von ihnen Besitz ergriff. Erst hielt sie sich an der Küchenzeile fest, während er hinter ihr stand, bis er sie plötzlich darauf setzte und sie sich dort einer wilden, gemeinsamen Lust hingaben und schließlich trug er sie für das Finale zur bequemeren Couch. Heftig atmend lagen sie danach nebeneinander und Martina kommentierte nach einer Weile: "Das war ja ein wilder Ritt! Hast du mich so heiß vermisst?"

"Sieht wohl so aus", schmunzelte er zufrieden.

Die Sachen zusammen suchend, gingen sie ins Bad, um sich danach entspannt und gutgelaunt über das Essen herzumachen.

"Sehr, sehr lecker, Schatz. Und, wie war dein Abend?", fragte Daniel, sie aufmerksam ansehend.

"Wunderbar", erwiderte Martina und warf ihm einen neckenden Blick zu. "Es geht doch nichts über gute Gespräche unter Frauen."

Da er nichts erwiderte, fügte sie schließlich hinzu: "Und ja, wir haben zusammen geschlafen. Das wolltest du doch wissen, oder?"

Mit dem Essen innehaltend, sahen sie sich an.

"Ertappt!", meinte Daniel grinsend. "Genau das wollte ich wissen."

Innerlich schmunzelnd aß Martina weiter und schenkte sich noch einen Wein ein, während sie ihn unauffällig musterte. Würde die nächste Eifersuchtsszene anstehen? Aber Daniel begann zu erzählen, was er gestern gemacht hatte: Er war mit Sandra und einem anderen Kollegen etwas trinken gegangen und erst spät nach Hause gekommen. Da fiel Martina ihr Erlebnis mit Martin ein und so erzählte sie ihm davon.

"Am Montag stand er schon an der Kasse bei mir und hat mich angeflirtet. Da konnte ich ihn noch gut links liegen lassen..."

"Das hast du mir gar nicht erzählt", unterbrach Daniel sie überrascht.

"Ehrlich gesagt, ich habe es nicht so ernst genommen und wieder vergessen. Er war ja auch danach weg. Aber gestern, als ich mit Annika abends aus dem Markt kam, hat er mich vor dem Markt abgepasst. Daniel, er wusste, dass du nicht da sein würdest. Er wollte, dass ich mit ihm ins Café gehe und ich habe ihm deutlich die Meinung gesagt."

"Und was hast du ihm gesagt?"

"Dass ich kein Interesse habe und er mich in Zukunft in Ruhe lassen soll."

Daniel schaute jetzt verärgert drein. "Was fällt ihm ein! Ich werde ihn mir vornehmen, Martina, das kann ich dir versprechen - aber das geht erst nach unserem Urlaub. Ich habe mir nämlich für morgen frei genommen."

"Gut", meinte Martina erleichtert, "jetzt fühle ich mich wohler. Es war schon merkwürdig und ich habe kein gutes Gefühl mehr bei ihm."

Nach dem Essen kuschelten sie sich auf die Couch und bei einem Glas Wein meinte Daniel: "Morgen ist Heilig Abend, am 1. Weihnachtsfeiertag besuchen wir deine Mutter und am 2. Weihnachtsfeiertag geht's los. Das ist unser erster, gemeinsamer Urlaub, mein Liebling."

Etwas später, als Martina verträumt in seinem Armen lag, gestand Daniel: "Ehrlich gesagt, ich habe gestern noch lange wach gelegen und mich gefragt, wie es bei euch beiden läuft."

Martina schmunzelte: "Du meinst, du hast es dir ausgemalt, wie ich mit Annika..."

"Du Hellseherin", grinste er, "ihr seid beide zwei sehr reizvolle Frauen, da fällt das nicht schwer."

"Aber du hast ja nur Augen für mich", neckte sie ihn jetzt spitzbübisch.

"Hey, du wächst mir doch nicht etwa über den Kopf?", sagte er und zupfte an ihren Ohren.

Sie streckte sich genüsslich in seinen Armen, während sie an den Abend dachte, und sagte: "Es ist wunderbar mit Annie und sehr zärtlich. Wir schmusen und küssen uns gerne, Daniel. Und wenn es zu prickeln anfängt, dann wird eben mehr daraus. Eigentlich war das, bevor wir uns getroffen haben, schon weniger geworden, aber gestern war es unglaublich toll."

Daniel spürte erneut, dass ihn die Vorstellung mächtig anmachte. Aber wie wollte er damit umgehen? Er stellte fest, dass sein bisheriges Monogamie-Lebensbild wesentlich klarer und einfacher zu händeln war. Da gab es nur den einen Partner und man war sich treu; ein bisschen Appetit holen war erlaubt aber gegessen wurde nur zu Hause, wie man so schön sagte.

Durch Martina war alles in Wanken geraten - aber war es das nicht vorher schon, als er sich seine geheimen Wünsche eingestanden hatte?

Martina spürte, dass etwas in ihm vorging und bat: "Erzähl doch, was du denkst."

Sollte er oder sollte er nicht?

Daniel schwieg einen Moment und entschied sich dann, ihrem Wunsch zu folgen. Sie wollte Offenheit und keine Geheimnisse mehr und er wollte das im Grunde auch.

"Es ist so, mein Schatz, dass mich das anmacht, wenn ich mir vorstelle, ihr beide seid zusammen im Bett seid. Und ich finde Annika sehr anziehend."

Langsam ging ihr ein Licht auf, stellte Martina fest, während sie ihn verblüfft ansah. Seine Lust am Mittwochmorgen und heute Abend ... unwillkürlich lächelte sie.

"Weißt du, woran ich gerade denken muss? Annika hat mir damals, als es mit ihr und mir anfing, erzählt, dass unsere Abende für ihre Beziehung ebenfalls anregend waren."

Daniel lächelte: "Da sind wir Männer wohl sehr ähnlich, was?"

Es gefiel ihm, wie das Gespräch verlief. Sie lebte das, wofür sie eintrat, und war genauso offen, wie sie es sich von ihm wünschte.

"Was wäre, wenn ich mal Lust auf euch beide hätte?", fragte er jetzt vorsichtig, sie zärtlich streichelnd. "Du hast doch auch im letzten Jahr eine Session mit Annika und Finn gehabt."

Oh, dachte Martina überrascht, das Gespräch verlief in eine völlig andere Richtung als erwartet. Sie hatte mit allem anderen gerechnet, aber bestimmt nicht damit. Einen Schluck Wein nehmend kuschelte sie sich nachdenklich bei ihm ein. Daniel, Annika und sie...

Damals war der Wunsch von Annika ausgegangen, aber hier kam er von ihm. Eine Unruhe begann, sich in ihr auszubreiten. Etwas ratlos nahm Martina einen tiefen Atemzug und sagte zögernd: "Grundsätzlich ja, Liebster. Aber das muss mit Annika und Finn besprochen werden. Ich weiß nicht, was beide dazu sagen werden."

"Gut", freute sich Daniel, "das können wir im nächsten Jahr angehen. Wir wollten ja sowieso mal mit den beiden was essen gehen und dann sehen wir weiter."

Kapitel 5 Eifersucht

In der ersten Januarwoche kehrten sie wieder nach Frankfurt zurück. Der Urlaub war traumhaft gewesen und nun stand der Alltag wieder vor der Tür.

Sie hatten sich über die Jahreswende vorgenommen, in diesem Jahr gemeinsam zu der frivolen Burgparty zu gehen, auf der Martina im Juni letzten Jahres gewesen war und vielleicht den einen oder anderen, besonderen Event zusammen zu besuchen. Ansonsten wollte Martina ein Treffen mit Finn und Annika vereinbaren und natürlich auch ihren Mädelsabend mit Annika. Dabei würde sie über eine Dreier-Session mit ihr reden, versprach sie ihm.

Daniel seinerseits hatte nicht vergessen, was Martina ihm über Martin erzählt hatte und er würde ihn deswegen zur Rede stellen.

Und so saß Martina am Montagmorgen wieder an der Kasse und in der Pause begrüßten sich die beiden Freundinnen freudestrahlend.

"Schön, dass du wieder da bist, Süße", sagte Annika. "Wie war's bei dir?"

"Traumhaft! Wenn du willst, gehen wir heute nach der Arbeit ins Café und reden ein bisschen – später fahre ich zu Daniel."

"Gute Idee, Finn kommt heute auch später."

Im Café erzählte Martina lachend von ihren Künsten als frischgebackene Skifahrerin und wie oft sie sich dabei hingelegt hatte. Insgesamt war es eine aufregende Zeit gewesen und Neujahr in den Bergen zu erleben, einfach fantastisch. Annika berichtete, dass Finn, wie es so oft gerade im Winter geschah, auf Notrufe hatte reagieren müssen und viel unterwegs gewesen war, um die Heizungen der Leute wieder in Gang zu bringen. Seine kleine Sanitärfirma bestand nur aus ihm und einem Angestellten, da konnte er auch nicht so leicht delegieren. Aber Weihnachten hatten sie sehr gemütlich verbracht und anschließend ihre Eltern besucht.

"Was hältst du davon, wenn wir uns diesen Mittwoch treffen?", fragte Martina und fügte an: "Ach ja, und unser gemeinsames Essen zu viert ... wie wäre es damit am Samstagabend?"

"Mittwoch passt mir gut", erwiderte ihre Freundin nachdenklich, "und wegen Samstag sage ich dir noch Bescheid."

Sie verabschiedeten sich und vor dem Café umarmten sich.

"Ich freue mich sehr auf Mittwoch", stellte Annika klar.

"Ich mich auch", gab Martina mit einem verheißungsvollem Abschiedskuss zurück.

Als sie nach Hause kam, öffnete sich kurz darauf die Tür und Daniel kam mit einem finsteren Blick herein. Sie spürte sofort, als sie ihn fragend ansah, dass etwas passiert war. Er verschwand kurz im Schlafzimmer und zog sich um, holte sich ein Glas Wein und setzte sich zu ihr auf die Couch.

"Dieser Saukerl!"

Ihren fragenden Blick beantwortend fuhr er fort: "Ich habe Martin heute in der Mittagspause beiseite genommen und zur Rede gestellt. Und weißt du, was er gesagt hat? Du hättest ihm doch schon damals im Café und auf der Party schöne Augen gemacht. Es sei sehr eindeutig gewesen, als du auf der Party mit ihm auf der Terrasse ungeniert geflirtet hättest und dann der lüsterne Blick beim Hineingehen an der Terrassentür. Du hättest ihm mit einem so aufreizenden Augenaufschlag mitgeteilt, wo du zu finden seist ... wirklich niemand könne es ihm übelnehmen, dass er dabei gedacht habe, dass du auf eine kleine Abwechslung aus warst. Martina, ich dachte, ich höre nicht richtig! Und dann – on top – meinte er mit einem dreckigen Grinsen, dass Frauen wie du eben mal so richtig hart rangenommen werden wollen. Aber ich solle mich jetzt nicht so anstellen wegen nichts."

"Und was hast du gesagt?"

"Ich habe ihm eine verpasst, sodass er am Boden lag und sich die Nase hielt. Er wird dann wohl erst einmal zum Arzt gegangen sein."

Martina saß fassungslos da. Daniel prügelte sich für sie!

"Und, hast du keinen Ärger gekriegt?"

"Angriff ist die beste Verteidigung - ich bin gleich zum Abteilungsleiter und habe gebeichtet. Mich bei ihm entschuldigt, dass es in der Kantine passiert ist, aber wenn meine Frau belästigt und verleumdet wird, dann sehe ich rot. Dazu stehe ich."

Es herrschte eine Weile Stille und beide hingen ihren Gedanken nach.

"Dass alles solche Ausmaße annimmt, habe ich nicht geahnt, als ich wir ihn damals kennengelernt haben und mit ihm im Café auf der Zeil saßen."

"Das ist es ja", erwiderte Daniel nachdenklich, "der Mann dreht völlig ab! So habe ich ihn die ganzen Jahre nicht erlebt. Gut, ein Frauenheld war er schon immer, aber bisher widerstand ihm auch kaum eine." Er lächelte sie kurz an und fuhr dann fort: "Sandra war ja auch mal mit ihm kurz zusammen. Wer weiß, was der Auslöser war; vielleicht Schulden oder ein privates Desaster? In jedem Fall scheint er zurzeit Niederlagen schwer zu verkraften. Aber auf so miese Art den Spieß herumzudrehen … mit mir nicht, Freund. Der soll dich noch einmal belästigen, dann kann er gerne noch mehr erleben", knurrte Daniel und trank sein Weinglas in einem Rutsch leer.

Sie sprachen noch eine Weile über Martin und schließlich kündigte Martina an, dass sie am Mittwoch bei Annika sein würde und am Samstag konnte das gemeinsame Essen zu viert stattfinden, wenn Finn einverstanden war. "Prima", freute sich Daniel und entspannte sich allmählich. "Dann wird es ja eine anregende Woche!"

Am Abend darauf kam er nach Hause und berichtete, dass Martin sich krank gemeldet hatte. Mittlerweile hatte sich die Geschichte herumgesprochen und zu seiner Überraschung hatte ihn der Abteilungsleiter kurz zu sich bestellt und ihm erzählt, dass mindestens drei Angestellte der Bank heute bei ihm gewesen waren und sich jetzt erst getraut hatten, zu berichten, dass sie von Martin unerwünscht belästigt worden waren. Es würde darüber intern beraten werden, ob ihm eine Kündigung ausgesprochen wurde oder er sich versetzen lassen musste mit der Auflage, dass im Falle einer Wiederholung eine Kündigung auf ihn zukam.

Zufrieden schloss Daniel: "Dann hat ja alles sein Gutes gehabt; seine Schweinereien sind herausgekommen und er bekommt endlich die Quittung dafür!" Sie entschieden, dass die Angelegenheit damit erledigt war.

Martina holte ihr Handy und zeigte ihm die SMS von Annika, dass der Samstagabend klar ging. Daniel schlug einen netten Italiener vor, den er kannte und so schrieb sie zurück.

"Und was machst du morgen Abend?", fragte sie später.

"An euch zwei denken und mir einen runterholen, was sonst", grinste er sie frech an. Als sie ihn konsterniert anschaute, lachte er und meinte: "Nein, Spaß beiseite, Schatz. Ich mache einen Männerabend mit zwei alten Schulfreunden. Wir werden wahrscheinlich bis in die Puppen in der Kneipe sitzen und über alte Zeiten plaudern. Aber wenn ich später hier alleine im Bett liege, kann ich für nichts garantieren." Sehnsüchtig zog er sie an sich und begann, mit ihr zu schmusen.

"Ich finde es irgendwie klasse, dass du ihm eine verpasst hast", flüsterte sie ihm später noch zu.

Mittwochabend wanderte sie mit Annika zu ihrer Wohnung und als sie Arm in Arm auf der Couch lagen, erzählte sie ihr stolz von Daniels Heldentat.

"Stark", meinte Annika, "der Typ hat es verdient. Und hoffentlich ist es damit erledigt."

"Wieso hoffentlich?"

"Naja, noch eine Niederlage auf die Niederlage ... irgendjemand wird die Rechnung dafür bezahlen müssen, verlass dich darauf. Der Mann ist ein Fall für den Psychiater, Süße."

Eine Weile herrschte Schweigen, bis Martina meinte, dass über diesen unangenehmen Kerl nun wirklich genug geredet worden war.

"Gute Idee", murmelte Annika und fuhr ihr mit den Händen unter den Pullover. Martina beugte sich ebenfalls verlangend zu ihr und beide versanken in einem zunehmend leidenschaftlichen Kuss, spürend, dass sie heute mehr Zeit im Bett miteinander verbringen wollten.

Als sie später entspannt zusammenlagen, stellte Martina lächelnd fest: "Irgendwie haben wir wieder mehr Lust aufeinander."

"Ist mir auch aufgefallen, aber wir sehen uns auch viel seltener", hauchte Annika, noch im Nachgenuss schwebend.

Martina stützte sich jetzt auf den Ellbogen, streichelte sie zärtlich und tastete sich vor: "Wie findest du eigentlich Daniel ... so als Mann, meine ich?"

"Knusprig."

Martina musste lachen: "Knusprig?!"

"Naja", Annika öffnete jetzt die Augen und drehte sich langsam zu ihr, "ich würde ihn nicht von der Bettkante schubsen, sagen wir es mal so."

Plötzlich sagte sie, in den Augen der Freundin lesend: "Jetzt sag bloß, du denkst an eine Session mit uns dreien...?"

Martina lächelte etwas verlegen: "Hmh, ja ... Daniel hat mir gebeichtet, dass ihn die Vorstellung mit uns beiden anmacht. Und so kam das auf den Tisch. Aber das muss nicht sein, Schatz. Nur, wenn du Interesse hast und Finn zustimmt", fügte sie schnell an.

"Und du, was willst du?", fragte Annika, während sie sie prüfend ansah.

Gute Frage, dachte Martina, 100 Punkte. Ich arrangiere hier etwas für Daniel, aber was will ich? "Da sagst du was. Also ... ich ... ich weiß nicht so recht. Vielleicht werde ich etwas eifersüchtig, wenn ich euch zwei zusammen sehe", gestand sie langsam.

"Liebst du Daniel? Und liebt er dich?"

"Aber ja."

"Dann vertraue dieser Liebe, Süße, das ist alles. Wenn du das nicht schaffst, dann sollten wir besser nicht damit anfangen."

Verdutzt schaute Martina ihre Freundin an. So klar und entschieden hatte sie sie selten erlebt. Und plötzlich wurde ihr mit einem Gefühl der Hochachtung bewusst, dass das, was Finn und Annika bisher so lange mit ihr gelebt hatten, nicht selbstverständlich war. Sie legte sich wieder in Annikas Arme und sagte leise: "Ich werde darüber nachdenken."

Am nächsten Abend sprach sie mit Daniel darüber.

"Schön, dass es dir jetzt auch so geht", war sein erster, ungerührter Kommentar, "da kommt meine offene Frau wohl an ihre Grenzen?" Daniel zwinkerte ihr schmunzelnd zu, sodass Martina zurücklächelte.

"Ja, du hast recht", gab sie zu. "Aber ich fühle mich nicht gut damit. Irgendwie macht Eifersucht eng und kleinlich. Es schafft Grenzen."

"Die vielleicht auch ihren Sinn haben, oder?", ergänzte Daniel und sah sie abwartend an. "Annika ist eine sehr lebenskluge Frau, alle Achtung."

Nach einer Weile sagte er: "Was meinst du denn, was passiert, wenn ich mit ihr schlafe ... dass ich mich in sie verliebe?"

"Ja ...", sagte Martina nachdenklich, den Worten nachspürend, "da geht es wohl lang. Sie ist so unglaublich schön und anziehend. Ich kann mir kaum vorstellen, dass du dich nicht in sie verliebst."

"Bist du es denn, in sie verliebt?", fragte er plötzlich zurück.

"Irgendwie schon, aber nicht so, dass es meine Liebe und Beziehung zu dir in Frage stellt", gab Martina zur Antwort.

Nach einer Pause meinte Daniel: "Vielleicht könnte es mir genauso gehen wie dir, Liebste, vielleicht aber auch nicht und ich genieße es einfach nur und das war's. Ich weiß es jetzt nicht. Aber eines weiß ich genau: In jedem Fall bist du, mein Schatz, die Frau, bei der ich zu Hause bin und mit der ich mein Leben verbringen will und nicht Annika."

In der anschließenden, besinnlichen Stille spürte Martina, wie die Freude und eine Weite wieder zurückkehrten. Mit einem Gefühl der Erleichterung kuschelte sie sich bei ihm ein.

"Ich liebe dich, Daniel."
Diese Gespräche waren der reine Wahnsinn, dachte sie mit einem aufwallenden Glücksgefühl. Es schien dadurch eine unbeschreibliche Nähe zwischen ihnen zu entstehen, die ihre Liebe nur noch weiter intensivierte.

Kapitel 6 Partnertausch

Als sie am Samstagabend im Restaurant um 20.00 Uhr eintrafen, warteten Finn und Annika bereits auf sie. Sich begrüßend musterten sich die beiden Männer einen Augenblick schweigend. Daniel dachte spontan, dass Finn gut zu Martinas lebensfroher Freundin passte. Er strahlte eine Verlässlichkeit, innere Ruhe und Wärme aus, wie der sprichwörtliche Fels in der Brandung, was ihm sofort gefiel. Finn seinerseits sah einen sportlich und gut gekleideten Mann vor sich, von dem eine Entschlossenheit ausging, aber auch eine gewisse Zurückhaltung. Und er sah ihm deutlich an, was Martina ihm bedeutete. Annika hatte ihm schon erzählt, dass er Martin niedergeschlagen hatte und das gefiel ihm. Keiner dieser Bankschnösel, die sich die Finger nicht schmutzig machen wollten und meinten, sie standen hoch oben über allem. Innerlich schmunzelnd dachte er, dass er sich jetzt gut vorstellen konnte, was im letzten Jahr gelaufen war. Daniel hatte einen gewissen, vereinnahmenden Zug an sich und es war für Martina, und seiner Meinung nach auch für ihre Beziehung, sicher gut gewesen, eine Zeitlang ohne ihn ihr Selbstbewusstsein aufzubauen.

Der Abend verlief angenehm und sie unterhielten sich angeregt über vieles: Daniel erzählte von seiner Arbeit auf der Bank, dem eine Diskussion über die Gier der Banken folgte. 0-Zins auf der einen Seite, aber eine maßlose Abzocke beim Überziehungskredit. Die Autorenwelt von Martina war Thema und Finn erzählte schließlich humorvoll kleine Anekdoten, was alles ihm schon passiert war, wenn er zu Leuten ins Haus gerufen worden war. Die Stimmung war gut und nach dem Essen schlug Finn vor: "Wollt ihr noch auf ein Glas Wein zu uns kommen?"

Daniel sah Martina an und, als er die Zustimmung in ihren Augen las, sagte er gerne zu. Er hatte sich zunehmend entspannt und fühlte sich wohl mit den beiden.

Auf der Fahrt zu ihnen dachte Martina darüber nach, dass Finns Einladung auch bedeutete - und so hatte sie ihn bisher kennengelernt - dass er offen für mehr war. Wie weit es wirklich ging, dass würde sich noch zeigen. Sie freute sich jetzt auf den Abend und spürte aufgeregt, dass sie es total spannend fand, nicht zu wissen, was geschehen würde.

Schließlich hatten sie in Finns Wohnung rund um den Couchtisch Platz genommen, während dieser eine Weinflasche und vier Gläser holte. Annika machte Musik und eine gedimmte LED Beleuchtung an, sodass sich eine Gemütlichkeit im Zimmer ausbreitete. So zusammensitzend begann Finn direkt:

"Annika hat mir erzählt, das du dir eine Session mit Martina und ihr vorstellen kannst?"

Martina grinste innerlich, denn so kannte sie ihn ja schon: immer gerade heraus. Daniel allerdings schaute ihn verblüfft an und antwortete langsam, ihn dabei offen und direkt ansehend: "Ja, so ist es."

Die beiden Männer schauten sich einen Augenblick unbewegt an. Finn ging durch den Kopf, dass er es gut nachvollziehen konnte; ihm war es am Anfang genauso ergangen und die Session mit Martina später war wirklich mehr als aufregend gewesen.

Als Annika ihm von Daniels Wunsch erzählt hatte, hatte er sie prüfend angesehen, als er nachfragte, wie sie selbst dazu stand. Und dann hatte er deutlich gespürt, dass Daniel ihr gut gefiel und sie nicht abgeneigt war. War es ein gefährliches Spiel mit dem Feuer? Oder war es, was er so gerne mochte, eine weitere, anregende Bereicherung ihres eigenen Liebeslebens? Bisher hatte er gute Erfahrungen mit einem Zulassen gemacht, bei dem es allerdings auch klare Regeln gab. Daniel gefiel ihm; er hatte einen offenen Blick und nach allem, was ihm Annika darüber erzählt hatte, wie Daniel sich jetzt im Bett verhielt, musste er sich keine Sorgen machen. Spontan grinste Finn ihn jetzt verschwörerisch an, was Daniel überrascht und erfreut erwiderte. Dann lehnte er sich wortlos zurück und schwieg. Annika sah verdutzt von Finn zu Daniel und wieder zurück und stellte fest: "Was wird das jetzt?"

Finn erhob sich, setzte sich zu ihr auf die Couch, legte den Arm um sie, zog sie fest an sich und gab ihr einen ausgiebigen Kuss und sein anschließender Blick verriet seine ganze Liebe zu ihr.

"Ich lasse mich gerne überraschen, mein Schatz."

Die innige Zusammengehörigkeit der beiden war deutlich wahrnehmbar. Martina stand jetzt ebenfalls auf und setzte sich dicht neben ihre Freundin: "Ich bin einverstanden."

"Na, das sind ja schöne Aussichten", platzte Annika heraus und alle lachten, während die Spannung sich löste.

Martina streckte den Arm nach Daniel aus; er kam zu ihr und lehnte sich mit ihr zurück, sodass sie in seinem Arm auf der anderen Ecke der Couch lag.

"Was hältst du davon, Finn, wenn wir beide zusammen mal was trinken gehen? Vielleicht dann, wenn die beiden ihren Abend haben?", fragte Daniel jetzt, über die Köpfe der beiden Frauen in ihrer Mitte hinweg.

"Ich bin dabei", erwiderte Finn gutgelaunt. Er stand auf, um sein Handy zu holen und so tauschten die Männer ihre Telefonnummer. Unerwartet waren Sympathien entstanden und die Stimmung wurde immer gelöster. Finn beglückwünschte Daniel zu seiner Aktion mit Martin und Daniel erzählte, dass es wohl darauf hinauslief, dass ihm gekündigt wurde, da sich mittlerweile fünf Frauen gemeldet hatten und auch gegen ihn vor Gericht aussagen wollten.

"Es ist unglaublich, dass er so lange damit durchkam", meinte Daniel abschließend kopfschüttelnd.

"Dank der Me-To Kampagne ist man heute viel aufgeschlossener für das Thema. Früher hieß es doch schnell: Der Rock ist zu kurz, die Frau hat sich aufreizend verhalten und schon war sie selbst schuld!", warf Martina ein.

Annika erzählte einiges aus ihrer Lehrzeit, in der sie wohl auch Übergriffe erlebt hatte, und eine Weile diskutierten sie hin und her.

"Gut", meinte Martina zufrieden zu Annika, während die Männer jetzt über Fußball redeten. "Und wir beide sehen uns wieder nächste Woche Mittwoch?"

Sie sahen sich einen Augenblick lang unbeweglich an.

Martina dachte an ihr lustvolles, letztes Treffen und unwillkürlich beugte sie sich vor, um sie weich zu küssen. Doch der Kuss wollte kein Ende nehmen und wurde zunehmend leidenschaftlich.

Mittlerweile war es still geworden und Finn kommentierte leise zu Daniel: "Die beiden sind schon verlockend, was?"

"Sehr verlockend", murmelte Daniel, während er den Frauen gebannt zuschaute. Martina und ihre Freundin ... es war sehr ästhetisch und unglaublich erotisch, wie die beiden miteinander schmusten, dachte er angeregt, viel aufregender, als er es sich in seiner Fantasie vorgestellt hatte. Annika ... sie strahlte eine solche Sinnlichkeit aus. Er spürte sofort, dass er sie wollte. Und alles auch noch zum Greifen nah so vor sich zu sehen, das war kaum zum Aushalten.

Annika, die den Blick von Daniel aufgefangen hatte, flüsterte sehnsüchtig ihrer Freundin ins Ohr: "Wollt ihr nicht einfach über Nacht bleiben?"

Sie sahen sich beide an und schließlich lächelte Martina: "Das klingt gut ... aber dann sind wir zu viert. Meinst du, unsere Männer wollen überhaupt?"

Daniel kurz zuzwinkernd, der sie immer noch anstarrte, meinte Annika leise: "Na, um Daniel brauchst du dir wirklich keine Sorgen machen..."

Martina kicherte und flüsterte zurück: "Und Finn?"

"Der sagt bestimmt nicht nein. Er fand's damals toll mit dir und hätte sich wohl gerne eine Fortsetzung gewünscht!"

Annika wandte sich zuerst an Finn: "Na, ihr zwei, ihr habt gesehen, was läuft. Was hältst du davon, wenn Daniel und Martina heute Nacht hierbleiben?"

Dann sah sie Daniel an und lächelte verlockend: "Unser Bett ist groß genug, aber es gibt auch die Möglichkeit, das Sofa auszuziehen. Und Nachtsachen und Handtücher bekommt ihr von uns, Daniel."

Martina, noch in Gedanken bei Annikas Aussage, blickte unwillkürlich zu Finn. Er schaute zu ihr und streckte seinen Arm hinter Annika über die Lehne der Couch zu ihr hin. Und in seinen Augen las sie plötzlich das, was ihr Annika gerade unvermutet gestanden hatte: Er begehrte sie.

Atemlos spürte Martina, dass es sie berührte und einen Widerhall in ihr fand. Die Session mit ihm im Herbst letzten Jahres war aufregend gewesen und seine ruhige Art und seine Männlichkeit hatten ihr gut getan. Aber danach begannen ihre Treffen mit Jan und sie hatte im Grunde kaum mehr an ihn gedacht. Jetzt aber breitete sich ein intensives Prickeln im ganzen Körper aus und sie spürte überrascht, dass sie ihn ebenfalls wollte. Martina legte ihren Arm auf seinen und erwiderte sie seine Einladung. Erfreut lächelte Finn sie warm an.

Mit einem tiefen Atemzug löste sie sich und wandte ihren Blick Daniel zu, um kurz darauf den Atem erneut anzuhalten. Die Luft zwischen Daniel und Annika schien geradezu zu vibrieren! Verliebte er sich jetzt etwa doch in Annika, fragte sich Martina unruhig. Es gab deutlich eine unglaubliche Anziehung zwischen den beiden - würde seine Liebe zu ihr stark genug sein? Für einen bangen Moment wallten die Gefühle von Angst, Enge und Zweifel auf. Aber schließlich entschied sie, das Risiko einzugehen und dabei zu bleiben, ihrer gemeinsamen Liebe zu vertrauen. Annika war genauso ihre Liebste – warum also sollte sie ihm und ihr das nicht gönnen?

Finn einen kurzen Blick zuwerfend, sah sie, dass er ebenfalls die beiden mit einem Anflug von Besorgnis musterte. Das war neu; so hatte sie ihn bisher nicht erlebt. Seinem Mienenspiel nach zu urteilen ging es ihm wohl ähnlich und dann sah sie, dass seine Ruhe zurückkehrte.

Gab es überhaupt eine Sicherheit, fragte sich Martina aufseufzend, während sie sich an Finns Arm schmiegte. Ihre Berührung mit seiner Hand sofort erwidernd schien er sie zu sich ziehen zu wollen.

Annika, die sich von dem Kontakt mit Daniel löste, nahm jetzt wahr, was sich in ihrem Rücken abspielte und lächelte. Der Abend versprach wirklich alles und sie freute sich auf eine heiße Session mit Daniel.

Daniel seinerseits spürte noch dieser gewaltigen Anziehung nach, die zwischen ihm und Annika aufgeflammt war. Wow, dachte er, hätte ihm jemand gesagt, wie dieser Abend verlaufen würde, er hätte ihn als einen Spinner bezeichnet. Schließlich sah er zu Finn, der gerade zu Martina schaute und bemerkte, dass da ebenfalls etwas lief. Er sah das Begehren in Finns Augen und erstarrte ... seine Liebste erwiderte es ganz offensichtlich!

Daniel lehnte sich plötzlich zurück und schaltete innerlich auf STOP!

Wollte er das alles wirklich?

Er nahm sein Weinglas und trank ein paar Schlucke, vor sich hin sinnend.

Seine Eifersucht loderte unerwartet hoch und am liebsten hätte er Martina geschüttelt, nach dem Motto: Was machst du da?! Sie war seine Frau, wie konnte sie das Bedürfnis haben, sich mit einem anderen Mann einzulassen? Dass Finn sie begehrte, war eine Sache und er konnte es ihm nicht verdenken - aber er sah deutlich, dass Martina sein Begehren erwiderte...

Auf was hatte er sich an diesem Abend nur einlassen wollen? Mit der Frau eines anderen Mannes zu schlafen und als Dankeschön ihm seine eigene zu übergeben?

Das war alles eine Schnapsidee gewesen und am liebsten hätte er sie wütend von Finn und Annika weggerissen und wäre mit ihr gegangen.

Mittlerweile war eine Stille eingekehrt, denn alle spürten, dass sich die Stimmung gewandelt hatte.

"Was ist los?", fragte Martina und richtete sich auf.

"Was los ist?", sagte Daniel langsam, "ich denke, das alles hier ist ein großer Fehler. Und wir beide sollten jetzt gehen." Er wandte sich jetzt ihr zu und schaute sie auffordernd an.

Martina stellte fest, dass er sie aufgebracht anfunkelte. Verdutzt starrte sie ihn an. Gerade noch hatten er und Annika sich angesehen, als wollten sie übereinander herfallen und jetzt das? Aber sofort überfiel sie die Erkenntnis ... er war eifersüchtig. Aber nicht auf Annika, sondern auf Finn! Unwillkürlich musste sie grinsen, was zur Folge hatte, dass Daniel so aussah, als wollte sich auf sie stürzen.

"Hey", meinte sie erschrocken, "mal langsam. Was ist los?"

"Das weißt du ganz genau", sagte er gefährlich leise.

Langsam reichte es ihr. Gut, er war eifersüchtig, aber sie war es auch und hatte trotzdem entschieden, alles zuzulassen. Schließlich war es sein Wunsch gewesen und nun saßen sie hier. Was fiel ihm ein, ihr jetzt Vorwürfe zu machen?

"So", begann Martina angriffslustig, "während du dich mit Annika vergnügst, soll ich in der Zeit also auf dem Trockenen sitzen und mit langer Nase zuschauen, oder was?"

"Könnten wir das gefälligst zu Hause weiter diskutieren?", blaffte er, Finn und Annika völlig ignorierend.

"Nein, das sollten wir hier tun und zwar mit den beiden zusammen. Schließlich ist ursächlich deinetwegen die Situation entstanden, wenn ich dich daran erinnern darf." Martina kam langsam in Fahrt. "Wie ihr euch beide gerade angesehen habt ... Was meinst du denn, wie es mir ging? Also, mein Schatz, wie war das mit dem Vertrauen in die gemeinsame Liebe?"

Daniel brummte etwas Unverständliches vor sich hin und Finn meldete sich jetzt zu Wort.

"Ich habe zwar zu einer Session mit Annika mein Einverständnis gegeben, Daniel, aber es fällt mir trotzdem nicht leicht, euch beide so zu sehen", sagte er ruhig. "Und vielleicht sollen wir mal die Karten auf den Tisch legen. Wer von uns ist hin und wieder mal eifersüchtig?"

Er hob seine Hand und schaute die anderen an. Martina hob die Hand, aber Annika nur sehr zögernd. Erklärend fügte sie an: "Ich weiß einfach, dass ich für Finn an erster Stelle komme, warum sollte ich da eifersüchtig sein? Und außerdem ist Martina ebenfalls mein Schatz. Ich habe kein Problem damit."

Daniel lehnte sich zurück, verschränkte seine Arme und schaute alle der Reihe nach an.

Martina seufzte und umarmte ihn.

"Ich liebe dich und du kommst für mich ebenfalls an erster Stelle, Liebster", sagte sie leise. "Und trotzdem habe ich auch Lust auf Finn."

Seinen Zweifel lesend fügte sie hinzu: "Du liebst mich doch auch - warum also willst du Annika?"

Daniel schnaubte.

Das war eine so ungewöhnliche Situation, wie er sie noch nie erlebt hatte. Die drei schienen alles Verborgene auf den Tisch bringen zu wollen, was keiner, den er je gekannt hatte, er eingeschlossen, so praktiziert hatte.

Annika stand plötzlich auf, setzte sich jetzt auf die andere Seite neben ihn und sagte ganz unverblümt: "Ich liebe Finn, Daniel, und ich habe Lust auf dich."

Daniel sah in ihre geheimnisvollen Augen, erneut die starke, sinnliche Anziehung spürend, die von ihr ausging und ihn sofort in den Bann zog. Dann schaute er zu Finn, der ihn aufmerksam beobachtete. Daniel wandte sich schließlich Martina zu, nahm sie in die Arme und küsste sie so leidenschaftlich, bis sie weich in seinem Arm lag. "Ich liebe dich."

Dann lehnte er sich zurück: "Gut. Und was machen wir jetzt?"

"Alles, was wir wollen, ist erlaubt, Daniel. Du kennst unser Safeword?", Finn zwinkerte ihm zu und die Spannung löste sich spürbar.

"Martina hat mir davon erzählt", sagte Daniel jetzt mit einem Schmunzeln.

"Ich nehme an, du benutzt dasselbe Wort wie Martina?"

"Ähm ... ja."

"Gut, dann ist erst einmal das Wichtigste geklärt."
Finn sagte nichts mehr und schien abzuwarten. Martina dachte bewundernd, wie ruhig und souverän er doch mit der ganzen Situation umgegangen war.

Annika erhob sich schließlich, nahm Daniel an der Hand und zog ihn langsam und verheißungsvoll in Richtung Schlafzimmer, Finn und Martina verschmitzt noch einen Pustekuss zuwerfend. Er folgte ihr willig und die Tür schloss sich hinter den beiden.

"Und was machen wir zwei jetzt?", meinte Finn nach einem Moment. Er machte es sich auf der Couch gemütlich streckte dann seine Arme einladend in ihre Richtung. So ganz allein mit Finn war sie bisher noch nie gewesen, dachte Martina, als sie von ihm zufrieden in Empfang genommen wurde. Sie fühlte sich aufgehoben und wohl mit ihm, aber dieses Mal war es irgendwie auch noch anders, stellte sie mit klopfendem Herzen fest. Zu ihm aufschauend sah sie das Begehren in seinen Augen leuchten und dann beugte er sich auch schon zu ihr. Martina schloss die Augen und genoss seinen ausgiebigen, nicht enden wollenden Kuss, der ihr kleine, intensive Schauer über ihren Körper schickte. Sie schien mehr und mehr dahinzuschmelzen und erwiderte sein Verlangen zunehmend.

"Und, meine Schöne, wie darf ich dich heute verwöhnen?", brummte Finn schließlich leicht entrückt.

"Mmmh", murmelte sie hingegeben, "du küsst so wunderbar, Finn. Und ich mag es, wenn ich nichts sehe und nicht weiß, was du tun wirst. Ansonsten kennst du ja schon meine Vorlieben." Sie lachte ihn an. "Gibt es etwas, was du dir wünschst?"

"Sehen wir mal, was sich ergibt. Weißt du, ich ziehe es vor, spontan aus dem Augenblick heraus alles kommen zu lassen", gab er zur Antwort. "Das gefällt mir", stellte sie fest.

Und so zogen sie sich beide aus und sie legte sich erneut in seine Arme. Martina hörte seinen Herzschlag, nahm die Wärme seiner Haut wahr, zupfte verspielt an seinen Brusthaaren, fühlte seine liebkosenden Hände auf sich und genoss es, ihn intensiv und langsam zu erkunden. Es war vertraut und doch ungewohnt neu, dachte Martina und als seine Hand nach einer Weile warm und fest zu ihrem Schoß glitt, seufzte sie laut auf, spürend, wie ihre Lust fordernd hochschwappte.

Finn stand auf und holte etwas aus der Kommode. Als er zurückkam, nahm er ihre Hände, küsste sie und schloss weiche Handfesseln darum, die mit einer Kette verbunden waren; ein daran hängendes Seil führte er durch eine Öse in der Decke.

Sie sah, dass sie vorerst viel Bewegungsspielraum hatte, was er später verändern konnte, indem er an dem Seil zog. Schließlich verband er ihr mit einem Tuch die Augen.

"Mmmh", brummte er genießerisch, während er sie betrachtete und Martina sich erwartungsvoll auf die Couch legte. Lederriemen berührten nach einem Moment weich ihre Haut, fuhren sanft über ihren Körper und er begann, mit der Zunge an ihren Brüsten spielerisch zu saugen und zu knabbern, bis sie sich seinen Berührungen entgegen bog und die Spitzen sich steif hochreckten.

Er glitt mit seinen Händen zu ihrem Schoß und erkundete sie wonnevoll. Und dann spürte sie, wie er mit seinem Glied ihre Knospe sanft massierte, bis sie sich nach mehr sehnte. Aber anstatt vorzudringen kam er zu ihrem Mund und so begann sie, von seiner starken Männlichkeit zu kosten. Sie hielt sein Glied mit den gefesselten Händen, massierte und verwöhnte es hingebungsvoll, begleitet von seinem lauten, genussvollen Stöhnen.

Schließlich löste er sich von ihr und sie fühlte einen Zug an ihren Händen, dem sie bedingungslos folgen musste, sodass sie jetzt auf der Couch kniete, sich auf der Lehne mit den Händen abstützend.

Und wieder bot er ihr, hinter der Couch stehend, erregt sein Glied an, das ihren Mund jetzt fordernd zu erobern begann. Lederstriemen fuhren gleichzeitig stärker auf ihren Körper hinab und steigerten sich ganz langsam in der Intensität, während sie ihn bearbeitete und das Verlangen nach ihm immer heißer in ihr hochstieg, was sie ihn mit dem Mund spüren ließ.

Finn zog sich erhitzt aus ihr zurück, um dann im nächsten Augenblick, hinter ihr stehend, heiß und stark ihren Schoß zu entern, sodass sie sich erregt aufschreiend aufbäumte. Er nahm sie so glutvoll und leidenschaftlich, dass die Wogen über ihr zusammenschlugen und sie ihrer Lust wild Ausdruck verlieh. Nach einer gefühlt unendlichen Weile erfolgte ein Ziehen an den Handfesseln, dem sie bedingungslos folgen musste und, mit seiner Unterstützung, lag sie nun rücklings, ihm erregend offen ausgeliefert, auf der breiten, weichen Lehne, während ihre Arme in Richtung Decke, am Seil hingen.

Ein gieriger Mund saugte sich in sie, leckte und aufwühlend ihre Perle, bis sie windend um Erlösung bettelte.

Aber was war das? Unwillkürlich aufschreiend fühlte sie, wie eine heiße Flüssigkeit um den Bauchnabel herum auf ihre Haut lief. Was machte er da nur? Ein warmes Feuer schien sich auf ihrer Haut zu entzünden, das er mit seinem Mund noch weiter auflodern ließ und als der sanfte Brand langsam nach oben züngelte, war sie schier außer sich. Er nahm sie ihren bebenden Körper in den Arm, liebkoste und küsste sie lange und zärtlich, um sie dann hinter der Couch auf die Beine zu stellen. Sich nach vorne abstützend tauchte Finn jetzt unerträglich langsam in sie ein, sodass sie es kaum noch aushielt, dieser juckenden, nach Vollendung schreienden Lust vollkommen ausgeliefert. Sie fühlte ihn mit einer unbeschreiblichen Intensität in sich und wurde von seiner tiefen und starken Leidenschaftlichkeit mitgerissen. Aber nach einer Weile zog er sich erneut zurück, glitt mit seinen Händen genüsslich und fest über ihren Körper, warm knetend ihre Brüste umfassend. Sein Penis wanderte nun etwas höher und laut stöhnend eroberte er jetzt wonnevoll und langsam ihre enge Höhle.

Es war so grenzenlos gut, was er tat, dachte sie vollkommen ekstatisch, und seine Hände führten sie sanft und doch so unerbittlich in schwindelerregende Höhen. Martina versank in einem bodenlosen Begehren, das immer unerträglicher nach Erfüllung rief.

Und wieder feuerten die Striemen der kleinen Peitsche sie an und eine rasende, hemmungslose Lust erfasste sie, in der er sie mit seinen heißen Stößen vor sich her trieb. Zerfließend in einem unbändigen Verlangen schrie sie nur noch: "Ja, ja ... mach mit mir, was du willst..."

Und Martina ließ sich fallen ... in seine Hände, in eine totale Hingabe, sich ihm mit Haut und Haaren ausliefernd. Sie nahm schließlich wahr, wie er sie erneut liebevoll in seine Arme nahm und auf die Couch bettete und unendlich zärtlich küsste. Dann band er ihr ein Bein mit einem Seil zusammen und danach das andere, während ihre Hände noch gefesselt in der Luft hingen.

So geöffnet vor ihm liegend ergab sie sich vollends seiner ausdauernden und starken Männlichkeit. Zeitlos trieb sie in einem feurigen, leidenschaftlichen Rausch dahin; sie hörte sich ächzen, stöhnen und schreien, begleitet von seinen ebenso lustvollen Lauten, seinen kraftvollen Stößen, die sie ihren ganzen Körper zu massieren und zu einem nicht gekannten Beben zu bringen schienen, bis sie beide gemeinsam in einen unbeschreiblichen, nicht aufhören wollenden, Orgasmus hinein taumelten. Fast schwebend fühlte sie, wie Finn sie von den Fesseln befreite, um sie, zu ihrer grenzenlosen Überraschung, noch einmal zu stimulieren und mit einem Aufschrei überflutete sie ein weiteres Pulsieren. Völlig abgehoben lag sie vor ihm und er zog sie an sich, sich nun ebenfalls dem Nachgenuss hingebend.

Irgendwann drangen laute Geräusche der Lust aus dem Nebenraum ins Bewusstsein und Finn grinste sie kurz an, holte eine Decke, die er über sie breitete und so waren sie bald eingeschlafen.

In der Nacht wachte Martina auf und dachte, dass sie sich bei ihm einfach nur unglaublich wohl fühlte. Und so kuschelte sie sich zufrieden bei ihm ein, während er ebenfalls kurz wach wurde.

Wollte er mit Martina ins Schlafzimmer hinübergehen? Einen Augenblick lang war er versucht, aber dann entschied er, lieber hier zu bleiben. Sollten Annika und Daniel sich besser ohne ihn austoben. Martinas Bewegungen spürend, wie sie sich an ihn schmiegte, dachte er mit einem kleinen Glücksgefühl, dass es einfach nur fantastisch mit ihr gewesen war.

Kapitel 7 Konsequenzen

Am Sonntagmorgen wurde Finn langsam wach, als er Annikas lustvolle Schreie aus dem Schlafzimmer vernahm. Einerseits lächelnd, andererseits seufzend spürte er, dass sich dieses Mal hartnäckig eine gewisse Unruhe im Hintergrund in ihm breitmachte.

Daniel strahlte eine kraftvolle, männliche Dominanz aus, die Annika sehr ansprach. Aber er hatte sich entschieden und so würde er weitersehen, wie sich alles entwickelte.

Mittlerweile regte sich auch Martina. Weich und verlockend in seinem Arm liegend, öffnete sie die Augen und lächelte ihn verschlafen an.

"Guten Morgen, Finn."

Sich ausstreckend seufzte sie gähnend: "Hey, es war einfach nur traumhaft!"

"Das gebe ich gerne zurück", lächelte er und fühlte, wie er, in Erinnerung daran, sofort wieder hart wurde. Spontan beugte er sich zu ihr, strich ihr über die Wange und küsste sie liebevoll.

"Du bist eine tolle Frau, Martina", murmelte er dann, mit einem unergründlichen Ausdruck in seinen Augen.

Während sie ihn ansah, dachte Martina, dass die Session mit ihm unfassbar schön gewesen war. Er wusste um Nuancen, die sie sich nicht hätte vorstellen können. Finn hatte erheblich mehr Erfahrung als Daniel, wurde ihr überdeutlich bewusst, was sie im letzten Jahr in der Session, zusammen mit Annika, so nicht wahrgenommen hatte. Seine ruhige, starke Sinnlichkeit, die zu einem gewaltigen Orkan anwachsen konnte, seine Sensibilität, seine Zärtlichkeit, seine Entschlossenheit und seine Offenheit ... Ihr fielen plötzlich viele Situationen ein, in denen ihr sein Auftreten gut gefallen hatte. Was im letzten Jahr als Sympathiefaden begonnen hatte, schien plötzlich zu einem starken Strang geworden zu sein, der sie zu ihm zog. Völlig im Bann dieser, so unerwartet aufgetauchten, starken Anziehung, hob sie atemlos ihre Hand und streichelte sie ihn zärtlich, diesen herrlichen Mann. Und Finn beugte sich abermals zu ihr und ihre Lippen begegneten sich dieses Mal weich und sanft, voneinander kostend, als wäre es das erste Mal, bis sie beide in einem, immer verlangender werdenden, Kuss versanken.

Schließlich löste sich Finn aufstöhnend. Sich langsam besinnend, stützte er sich auf den Ellbogen und fragte: "Was geschieht hier eigentlich?"

"Das ist eine gute Frage", erwiderte sie leise, und sah ihn jetzt still an, sich ebenfalls aufrichtend. "Verlieben wir uns gerade?", fragte sie schließlich mit klopfendem Herzen.

Finn schwieg. Aufgewühlt erkannte er, dass sie Recht hatte. Aus dem Begehren war unvorhergesehen mehr geworden. Aber - war es das wirklich, unvorhergesehen? Schon damals hatte er sich von ihr angesprochen gefühlt. Im Grunde war es ihm wie Annika ergangen, als er sie auf der Burgparty bei der Session mit Jan im letzten Jahr kurz beobachtet hatte. Er erinnerte sich, dass er sofort gedacht hatte, wie anziehend sie war. Und als Annika ihm gestand, dass die beiden sich ineinander verliebt hatten und ihm im Anschluss auch noch in Aussicht gestellt hatte, dass Martina sich eine Session mit ihm und ihr gemeinsam vorstellen konnte, hatte er sich gefreut. Die Abende, die die beiden zusammen verbrachten ... er hatte sich manches Mal mit einem stillen Verlangen ausgemalt, wie es wohl ablief. Da sie absolute Offenheit vereinbart hatten, erzählte ihm Annika danach davon, wenn er fragte und es hatte manche Anregung in ihr eigenes Liebesleben gebracht. Und dann die gemeinsame Session damals ... er konnte sich nichts vormachen: Er hatte es mehr als genossen! Aber danach war sie wieder mit Jan zusammen gekommen, sodass es keine Fortsetzung mehr gegeben hatte und schließlich erschien Daniel auf der Bildfläche. Ihr Mut, ihre Offenheit und ihre Stärke, sich ihren eigenen Weg zu suchen, imponierten ihm. Und in der Session gestern hatte er sie mit einer so starken und tiefen Hingabe erlebt, die ihn unwiderstehlich angezogen und ihm eine überwältigende Ekstase beschert hatte.

Finn lehnte sich zurück und sah vor sich hin, die Arme hinter sich verschränkend. Mit einem Mal musste er schmunzeln: Ausgerechnet ihm war es passiert – der nur beunruhigt gewesen war, dass Annika sich in Daniel verlieben würde ...!

Martina hatte sich mittlerweile aufgesetzt und meinte scheinbar gleichmütig: "Wir sollten besser aufstehen und den Kaffeetisch decken."

Sie erhob sich, aber Finn hielt sie an der Hand zurück.

"Geh nicht", bat er und entschied: "Wir werden damit umgehen. Offen, meine ich."

Martina schaute gedankenvoll vor sich hin. "Gut, aber lass mir ein bisschen Luft, Finn. Sofort und gleich wird mir gerade zu viel", meinte sie schließlich bittend.

"In Ordnung. Komm zu mir." Er zog sie sehnsüchtig zu sich, diesen neuen, aufregenden Gefühlen weiter nachspürend und so ließ sie sich in seine Arme zurücksinken.

So nah bei ihm liegend fühlte Martina wie ihr Herz Purzelbäume schlug und ein ganzes Heer von Schmetterlingen sich in ihrem Bauch erhob ...

Und nach einem unsäglich süßen Kuss, der kein Ende nehmen wollte, umfasste er sie und tauchte in ihren verlockenden, feuchten Schoß. "Martina", stöhnte er auf, während sie unvermutet von einem kurzen, starken Pulsieren erfasst wurde, was ihr einen leisen, erstaunten Aufschrei entlockte.

"Finn ...", flüsterte sie aufgelöst, nach ihm greifend. Seine Hand verschränkte sich in ihrer und mit der anderen streichelte er sie ergriffen und küsste sie zärtlich. "Ja...", erwiderte er nur und bewegte sich jetzt langsam und mit einer überwältigenden Intensität in ihr ... Mit jeder Bewegung schien er ihr Innerstes immer tiefer zu berühren und jede Zelle ihres Körpers antwortete ihm so elektrisierend, dass unentwegt kleine Wellen über sie hinweg liefen.

"Du wunderbare, zauberhafte Frau", murmelte er aufgewühlt, in diesen himmlischen Gefühlen schwimmend.

Plötzlich nahm er stürmisch Fahrt auf, um sie kurz darauf mit einem lustvollen Aufschrei in einer rauschenden Welle mit sich in einen paradiesischen Ozean zu reißen.

Völlig zerfließend schien es keine Grenze mehr zwischen ihnen zu geben und so mit ihm vereinigt hauchte Martina unendlich berührt: "Finn ..."

"Hey, meine Süße...", flüsterte er strahlend und ein unbeschreibliches Glücksgefühl breitete sich warm in ihr aus.

Eine lange Weile lagen sie einfach still zusammen, sich fühlend und streichelnd und langsam wieder in der Realität landend, bis sich Martina schließlich aufsetzte: "So, Zeit fürs Frühstück - ich habe einen Bärenhunger!"

Aber Finn zog sie für einen allerletzten Kuss noch einmal zu sich und murmelte dabei, dass er sie am liebsten gar nicht gehen lassen würde.

Lächelnd sah sie ihn an und ging ins Bad, während er sich seufzend auf den Weg in die Küche machte, um den Kaffee aufsetzte. Schnell in die Hose schlüpfend, entschied Finn, für alle ein paar Brötchen zu holen und legte einen Zettel auf den Tisch.

So saß Martina mit der Tasse Kaffee in der Hand alleine in der Küche, was ihr sehr recht war, denn sie wusste nicht mehr, wie jetzt alles weitergehen sollte. Daniel und ihre tiefe Liebe zu ihm ... aber was war nun mit ihren verwirrend starken Gefühlen für Finn? Ratlos schaute sie aus dem Fenster.

Eine Tür klappte und sie hörte Annika und Daniel im Flur. Erwartungsvoll sah sie zur Tür, aber nur Annika erschien in der Küche, während Daniel rasch im Bad verschwand.

"Hey, Süße", strahlte sie und gab Martina einen Kuss, während sie ihr einen "Guten Morgen" wünschte. Sich ebenfalls eine Tasse eingießend reckte sie sich genüsslich: "Martina, Daniel ist göttlich! Es war einfach ... umwerfend."

Martina lächelte wortlos.

"Und du?"

"Mir ging es genauso", erwiderte Martina, während sie dabei einen Schluck Kaffee nahm, damit sie ihr nicht ins Gesicht sehen musste.

Annika schaute sie verdutzt an. "Na hör mal, das klingt aber gar nicht begeistert. Da muss ich wohl mal ein ernstes Wörtchen mit meinem Schatz reden!"

"Nein, lass mal, alles ist in Ordnung. Ich bin nur noch ein wenig müde von der Nacht."

Annika sah ihre Freundin prüfend an, sagte dann aber nichts mehr. Sie erhob sich und mit einem "Na gut, ich mach mich mal fertig" verschwand sie in Richtung Bad.

Am Tisch sitzend hörte sie ein Lachen und Kichern und dann herrschte Stille. Und anschließend gab es nur noch die Duschgeräusche.

Click-Clack .... Finn erschien mit einer großen Brötchentüte in der Küche. Sofort hellte sich ihr Gesicht auf und sie spürte, wie sie ihn anzustrahlen begann. "Annika war eben hier. Die beiden haben sich in vollen Zügen genossen", erzählte Martina.

Finn schloss die Tür, setzte sich ihr gegenüber und sie schauten sich wortlos an. Wie nah sie sich ihm plötzlich fühlte, dachte Martina versonnen und mit klopfendem Herzen, am liebsten würde ich schon wieder ... Er erhob sich, kam neben sie und nahm ihre Hand.

"Es wird nicht funktionieren", meinte er, fröhlich schmunzelnd.

"Was meinst du?", erwiderte Martina lächelnd.

"Die beiden werden es uns ansehen", stellte er beglückt fest. "Du hast wie das personifizierte, schlechte Gewissen ausgesehen, als ich hereinkam. Und jetzt ..." Finn rutschte langsam näher und sofort begannen die Schmetterlinge in ihrem Bauch wieder abzuheben.

"... jetzt", murmelte er weich, während er ihr zärtlich durch die Haare fuhr und sie zu sich zog, "verzauberst du mich voll und ganz."

Seine Lippen senkten sich auf die ihren und ein unbändiges Sehnen durchzog sie sofort von Kopf bis Fuß.

"Was machst du nur mit mir?", flüsterte Martina und legte ihre Arme um ihn, um ihn zu fühlen, ihn zu schmecken und ihn in sich aufzunehmen.

Daniel ging ins Badezimmer und setzte sich erst einmal auf den Stuhl, während Annika zu Martina in die Küche wanderte. Was für eine Nacht! Vor sich hin lächelnd spürte er, dass er in Gedanken daran schon wieder steif wurde. Als Annika ihn gestern ins Schlafzimmer entführt hatte, war er ihr fasziniert gefolgt und hatte sich dann dieser gewaltigen Anziehung zwischen ihnen vollkommen ergeben. Was für eine feurige, unglaublich sinnliche und schöne Frau sie war! Sich besinnend dachte er an Martina und fühlte nach wie vor seine starke Liebe zu ihr. Ihm war bewusst, dass er eigentlich, anstelle von Annika, zu ihr in die Küche hätte gehen müssen, dachte er mit einem Anflug von schlechtem Gewissen. Aber er hatte einen Moment für sich haben wollen, um einen klaren Kopf zu bekommen. Doch eigentlich wusste er bereits, was er wollte.

Annika betrat das Bad und strahlte ihn an, während sie die Tür schloss und ihr Nachthemd aufreizend langsam fallen ließ. Ihn unergründlich ansehend, ging sie auf ihn zu und lachte, als sie an ihm hinunter sah: "Du bist wirklich unersättlich, Daniel!"

Er zog sie an sich und murmelte, seinen Kopf in diesen betörenden Brüsten versenkend: "Und du eine Sirene, meine Schöne! Wer kann dir schon widerstehen..." Sie kicherte und zog ihn mit zur Dusche.

"Komm", meinte Annika verheißungsvoll und drehte das Wasser auf. Und wieder liebten sie sich, während das Wasser warm auf ihre Körper prasselte.

Heftig atmend lehnte sich Daniel danach gegen die Duschwand: "Annika, ich will mehr."

"Was meinst du damit?", seufzte Annika wohlig. Das Wasser versiegte und sie stieg langsam aus, um sich abzutrocknen. Daniel kam ihr nach und nahm sich ebenfalls ein Handtuch.

"Ich will weitere Treffen mit dir, Annika."

Sie drehte sich um und sah ihn ernst an: "Das wird Finn nicht wollen."

Er kam auf sie zu, küsste sie auf ihren Hals und fragte: "Und was willst du?"

Sie sah ihn bedeutungsvoll an: "Das weißt du genau."

Daniel nahm ihre Hand und sie gingen zusammen ins Schlafzimmer. Auf dem Weg dorthin bemerkte er, dass die Küchentür geschlossen war. Annika schaute die Tür etwas merkwürdig an, aber er zog sie einfach weiter.

Im Schlafzimmer zogen sie sich beide an und dann setzte Daniel sich auf das Bett und meinte: "Komm mal her."

Als sie Arm in Arm dalagen, sagte er: "Ich werde unseren Wunsch ansprechen. Finn braucht sich doch keine Sorgen machen; ich liebe Martina und du liebst ihn – es bleibt alles so, wie es ist."

Annika seufzte: "Ja, ich liebe ihn und ich wünschte, er würde zustimmen. Aber noch einen weiteren Abend ..."

Daniel unterbrach sie: "Dann machst du mit Martina eben mal eine Pause und wir nehmen eine Zeitlang dann euren Mittwochabend."

Annika sah ihn nachdenklich an: "Eigentlich sollte das möglich sein."

"Gut", brummte Daniel zufrieden, "ich freue mich."

Während er mit ihr noch ein wenig schmuste, dachte er, dass ihm schon lange nicht mehr eine so verlockende Frau untergekommen war. Ein Vulkan im Bett, die extrem aufregende Session mit ihr und dazu diese starke Anziehung zwischen ihnen - es brachte ihn um den Verstand. Ich könnte verrückt nach ihr werden, grinste Daniel, über sich selbst amüsiert. Und das trotz seiner Liebe zu Martina ...

Schließlich rafften sie sich auf und gingen zur Küche, um die Tür zu öffnen und ... erstarrten.

Auf der Bank saßen Finn und Martina eng umarmt voreinander und küssten sich völlig selbstvergessen. Es war deutlich zu sehen, wie innig und intim dieses Zusammensein war und, hätte es sich um ein anderes Paar gehandelt, so wären sie beide leise wieder hinausgegangen. So aber standen sie nur stumm und fassungslos da.

Schließlich drang auch in das Bewusstsein der beiden, dass sie Besuch bekommen hatten und sie lösten sich voneinander.

"Nehmt euch einen Kaffee", lächelte Finn entrückt, "und setzt euch zu uns."

Wortlos taten Daniel und Annika genau das und so saßen sich schließlich alle vier gegenüber.

Finn behielt Martinas Hand in der seinen und schaute beide, allmählich gefasster und ruhig, an: "Ich habt es gerade gesehen ... wir haben uns ineinander verliebt."

Und wieder herrschte eine Stille, die ruhiger nicht hätte sein können.

Daniel starrte ihn an und schaute dann zu Martina. Eine gewaltige Wut wallte als erstes in ihm hoch, nach dem Motto "Wie konntest du nur?", aber sofort erschienen die Bilder der erregenden Nacht mit Annika vor seinem inneren Auge und sein starker Wunsch, mehr mit ihr erleben zu wollen. Tief betroffen erkannte Daniel, dass er mit dem Feuer gespielt hatte und sich jetzt die Finger verbrannte. Er hätte gestern mit Martina gehen sollen, wie er es ursprünglich vorgehabt hatte. Diese verdammte Gier! Annika einen Blick zuwerfend sah er, dass sich in ihrem Gesicht die verschiedensten Gefühle spiegelten; sie hatte am allerwenigsten damit gerechnet und es

schien ihr den Boden unter den Füßen wegzuziehen.
Daniel nahm tröstend ihre Hand und, nach einer gefühlten Ewigkeit, machte er den Anfang: "Das ist ja eine
Überraschung, das muss ich schon sagen. Und was
heißt das jetzt?"
Finn erwiderte: "Es ist das, was es ist. Was es für uns
alle bedeutet, müssen wir noch herausfinden. Ich für
meinen Teil kann dir sagen, Annika, dass du nach wie
vor die Frau bist, die ich liebe und mit der ich zusammen
sein will." Er machte eine kurze Pause und fügte an:
"Und ich habe mich in Martina verliebt."
Über den Tisch hinweg bot er Annika seine Hand an, die
sie aufatmend ergriff, sich daran wie festhaltend. Und
Annika erkannte in seinen Augen, dass er meinte, was
er sagte: Er liebte sie nach wie vor.
Dann schaute sie zu Martina, die ebenfalls ihre Hand
bittend nach ihr ausstreckte und nach einem Augenblick
ergriff sie auch diese. Langsam beruhigte sich alles in ihr
und so sah sie jetzt zu Daniel.
Dieser hielt die Arme verschränkt vor sich und hatte einen reservierten Gesichtsausdruck aufgesetzt.
"Und du?", fragte er kühl zu Martina gewandt, nichts
mehr von seinen Gefühlen erkennen lassend. War er
jetzt dabei, erneut alles zu verlieren, was ihm wichtig
war, dachte er mit einem Anflug von ohnmächtiger Verzweiflung. Martina ... sie war sein Leben und durch seine eigene Schuld hatte er vielleicht alles zerstört.
"Ich liebe dich, Daniel", sagte Martina leise und innig in
seine Gedanken hinein, "Trotzdem habe ich mich in Finn
verliebt. Keiner von uns beiden hatte das vor, und ehrlich
gesagt", lächelte sie jetzt, "wir hatten beide eher Angst,
dass die Situation sich umgekehrt darstellt!"
Daniel starrte sie regungslos an und sie streckte über
den Tisch ihre Hand nach ihm aus. Er atmete tief durch

und nahm sie, mit einem sanften Zug bedeutend, dass sie zu ihm kommen sollte. Martina erhob sich und setzte sich zu ihm, während er sie in die Arme nahm.

"Verzeih mir", murmelte er leise, in ihrem Haar wühlend.

"Also", stellte Annika nach einem Moment ruhig fest, "es hat sich im Prinzip nichts geändert, aber ihr habt euch beide ineinander verliebt. Dann ist da übrigens noch etwas, was wir euch sagen wollten. Daniel und ich haben uns zwar nicht, so wie ihr, ineinander verliebt, aber..."

Annika warf Daniel jetzt einen auffordernden Blick zu.

"Wir wollen weitere Treffen zu zweit", stellte dieser klar.

Und wieder herrschte eine Stille, bis Finn seufzend sagte: "Ich bin nicht glücklich darüber, aber ich denke, ich kann es euch auch nicht verweigern."

Annika fügte schnell an: "Wir treffen uns an dem Abend in der Woche, der für Martina und mich reserviert war. Es wird sich also für uns nichts ändern, Schatz. Unsere Beziehung steht für mich nach wie vor an erster Stelle."

Finn entspannte sich und sah jetzt Martina fragend an.

Im Grunde hatte Finn recht. Verweigern konnten sie es Daniel und Annika nicht und sofort erschien ein anderer Gedanke, der ihr Herz schneller schlagen ließ. Also schlug Martina vor: "Gut, dann machen wir es doch so. Unsere Beziehungen gehen für alle vor und an dem einen Abend in der Woche, den ich vorher mit Annika hatte, trefft ihr euch. Allerdings möchte ich dann den Abend auch mit Finn verbringen."

Sie begannen mit dem Frühstück, bei dem sie alle nur wenig aßen. Jeder schaute mehr oder weniger gedankenverloren in die Gegend und nach einer halben Stunde meinte Daniel, dass er gerne gehen würde. Martina stimmte zu und bat sich ein paar Minuten aus, um sich von Finn alleine zu verabschieden. Daniel nickte wortlos,

Finn gab Annika einen Kuss und so gingen sie ins Wohnzimmer und setzten sich nebeneinander auf die Couch.

Martina griff nach seiner Hand, aber er zog sie sofort zu sich in seine Arme und streichelte sie zärtlich. "Es ist total schön mit dir, Martina, Schatz", murmelte er. "Ich freue mich auf den Mittwochabend mit dir", erwiderte sie weich. "Meinst du, wir schaffen das, wir vier?" "Ich weiß es nicht ... aber so ist das Leben, hmh?", meinte er lakonisch.

"Gut, dann werde ich mal", meinte sie, um sich zu erheben. Aber er hielt sie fest und brummte: "Was denn, keinen Abschiedskuss?"

"Nein, das geht gar nicht", lachte Martina. Sie neigte sich zu ihm und von einem Augenblick auf den anderen war die Gegenwart vergessen in der Süße des Augenblicks und einem zeitlosen Verlangen.

Währenddessen saßen Annika und Daniel still in der Küche.

"So hatte ich mir das nicht vorgestellt", meinte sie schließlich ernüchtert.

"Kein Vergnügen ohne Konsequenzen", stellte Daniel ruhig fest. Nachdenklich meinte er: "Es bleibt das Risiko, dass bei den beiden noch mehr daraus wird. Vielleicht schieben wir dem einen Riegel vor, indem wir sagen, dass wir mit weiteren Treffen der beiden nicht einverstanden sind und dafür auch auf unsere Abende verzichten?"

Annika sah ihn seufzend an und sagte nichts.

"Lass uns am Mittwoch weiter darüber reden. Martina ist ebenso meine Liebste wie Finn. Ich glaube das einfach nicht."

"Oder du willst es nicht glauben, hmh?"

"Finn ist mein Mann, Daniel, und er wird es bleiben."
Annika stand auf und ging in Richtung Wohnzimmer, um
zu sehen, wo die beiden blieben. Als sie hereinkam,
stockte ihr der Atem. Auf welch intensive Weise sich
Finn und Martina umarmten, wie sie sich streichelten
und küssten ... Das war keine Session mehr, was zwischen den beiden lief. Und eine kleine Verliebtheit?,
dachte sie auf einmal, unendlich bang. So sah das nicht
aus. Für die beiden schien außer ihnen selbst nichts und
niemand mehr zu existieren.
Nach einer gefühlten Ewigkeit lösten sie sich voneinander und sahen sich an. Und wieder hatte Annika das
entsetzliche Gefühl, als würde sie vollkommen außen
vor stehen, ausgeschlossen und unendlich allein.
"Mach's gut", sagte Martina jetzt leise und erhob sich.
Als sie zur Tür schaute, sah sie ihre Freundin wie angewurzelt dort stehen.
Annika schluckte und fühlte sich plötzlich kalt und zitterig. Ihre ganze Welt war gerade ins Wanken geraten und
sie wusste weder ein noch aus.
Daniel erschien hinter Annika mit einem fragenden Blick
und beschloss sofort, als er die Situation intuitiv erfasste,
dass es für heute genug war. Er ging um sie herum,
fasste Martina um die Hüfte und schob sie sanft mit sich
in Richtung Wohnungstür. An Annika vorbeigehend, die
Finn immer noch anstarrte, suchten Martina und er ihre
Sachen zusammen und verließen die Wohnung.
"Das müssen die beiden alleine klären", meinte er entschieden, als sie ins Auto stiegen und nach Hause fuhren.

Dort angekommen legten sie sich erst einmal hin. Martina kuschelte sich bei ihm ein und so wachten sie erst zur
späten Mittagszeit erfrischt auf. Daniel schlug vor, zu-

sammen etwas essen zu gehen und danach einen Spaziergang in der Stadt zu machen. Der Sonntag verlief ruhig und harmonisch, wobei beide oft in sich versunken waren.

Martinas Gedanken drehten sich nur noch im Kreis. Wie wollte sie mit der Situation umgehen? Sie liebte Daniel nach wie vor und er war ihr Mann fürs Leben, aber was bedeuteten diese aufwühlenden Gefühle für Finn? Schließlich entschied sie, dass sie vorerst nichts ändern wollte. Und was Finn anging ... sie würde sehen, wie sich alles im Laufe der Zeit entwickelte.

Am Abend, mit einem Glas Wein auf der Couch zusammen liegend, begann Martina: "Und, bist du noch sehr wütend auf mich?"

"Nein", erwiderte Daniel langsam, während er ihr liebevoll über die Haare strich, "eher auf mich selbst, mein Liebling."

Nach einer Pause fügte er leise an: "Ich würde es nicht ertragen, dich wieder zu verlieren."

Martina erwiderte: "Ich liebe dich, Daniel und ich bin so glücklich, wie sich alles mit uns entwickelt hat."

Er seufzte und küsste sie.

"Und ich finde es einfach stark, dass du dich am Samstag auf alles eingelassen hast und unsere Gespräche..."

"Aber was habe ich jetzt davon?", hakte Daniel sofort mit einem Anflug von Bitterkeit nach. "Du hast dich in Finn verliebt ... und erzähl mir nicht, dass du 100-prozentig sicher bist, dass da niemals mehr daraus wird."

Martina sah auf ihren Wein, drehte das Glas hin und her und schwieg.

Jetzt sagt sie noch nicht mal was dazu, stellte Daniel niedergeschlagen fest.

"Ja", begann sie langsam, "ich habe mich verliebt. Das ist richtig und ich denke auch immer wieder an ihn. Du hast recht: Es ist passiert und nicht mehr rückgängig zu machen. Ich bin selbst am Überlegen, wie ich das alles unter einen Hut bringe. Aber eines weiß ich sicher: Ich will dich nicht verlassen."

Sie schmiegte sich an ihn und fragte: "Mal was anderes. Wie war es denn eigentlich mit Annika? Ihre begeisterten Kommentare habe ich ja schon gehört, aber du?"

Daniel schmunzelte: "Es war sehr schön und deine Freundin ist eine sehr leidenschaftliche Frau."

"... mit der du dir weitere Treffen wünschst", ergänzte Martina lächelnd.

"Ja", stellte er klar, "aber nicht, wenn der Preis der ist, dass ich dich an Finn verliere."

"Das passiert nicht", gab Martina zur Antwort und entschied, dass sie genug darüber geredet hatten. Langsam verloren sie sich ins Uferlose und vielleicht waren andere Argumente überzeugender.

Sie erhob sich und nahm ihm entschlossen sein Weinglas aus der Hand. Ihre Sachen achtlos zu Boden fallen lassend zog sie ihn sanft mit sich in Richtung Schlafzimmer. Mehr musste sie schon nicht mehr tun, stellte sie im nächsten Moment erleichtert und glücklich fest, denn Daniel nahm sie mit einem Ruck auf den Arm und ging mit ihr zum Bett.

Kapitel 8 Der Überfall

Am Montag sah Martina Annika wieder, die einen ausgeglichenen Eindruck machte. In der Pause kam sie zu ihr und fragte, ob sie wohl Lust auf einen gemeinsamen Kaffee im Anschluss hätte? Erleichtert schlug Martina ein und so marschierten sie nach der Arbeit los. Während sie nebeneinander hergingen, schaute Martina ihre Freundin prüfend an: "Und, wie geht es dir?"

Annika grinste sie an: "Wieso? Hast du etwa ein schlechtes Gewissen?"

"Irgendwie schon. Ich habe das Gefühl, als würde ich dir etwas wegnehmen, was dir lieb und teuer ist. Und ich will unsere Beziehung nicht verlieren."

Annika hakte sich bei ihr ein und meinte warm: "Das kannst du gar nicht."

Schließlich betraten sie das Café und suchten sich ein ruhiges Eckchen.

Nachdem sie alles bestellt hatten, begann Annika: "Ich habe mich mit Finn ausgesprochen. Also - ich bin mit euren Treffen einverstanden. Und ich freue mich auf die Dates mit Daniel!"

Annika sah sie jetzt erwartungsvoll an.

"Am liebsten würde ich dich in den Arm nehmen", stellte Martina sehnsüchtig fest, woraufhin Annika den Platz wechselte und sich zu ihr auf die Bank setzte. Beide umarmten sich und Annika begann, sie zu küssen, was Martina leidenschaftlich erwiderte. Und das mitten in einem Café, dachte sie kurz, das hatten sie bisher noch nie getan. Schließlich löste Annika sich atemlos von ihr: "Sag, sind wir beide nicht auch ein wenig ineinander verliebt?"

"Ja", lächelte Martina zärtlich, "das sind wir."

"Und würdest du meinetwegen Daniel verlassen?"

"Nein, aber das kannst du so nicht vergleichen. Ich weiß, worauf du hinaus willst. Stell dir nur mal vor, ich wäre in meiner Beziehung mit Daniel unzufrieden, dann wäre das Ergebnis vielleicht ein anderes. Oder was wäre gewesen, wenn ich tatsächlich lesbisch veranlagt wäre und mir mein Leben lang nur vorgemacht hätte, Hetero-Sein ist klasse? Dann wäre es mir so nicht genug. Annie, ich würde mehr mit dir wollen. Weder du, noch ich, noch Finn oder Daniel hätten das aber zu Beginn wissen können."

Annika saß nachdenklich da und gab zu: "Vielleicht hast du recht. Ich liebe es, mit dir zusammen zu sein, aber ich liebe auch Finn. Schon klar, Süße, wenn es nicht so toll mit ihm wäre, dann hättest du mich sehr leicht abwerben können."

"Weißt du", meinte Martina und strich ihr zärtlich über die Wange, "Daniel hat schon recht: Es bleibt ein Spiel mit dem Feuer, sich in einer Beziehung auf jemanden anderen einzulassen. Ich weiß nicht, ob ich es noch einmal machen würde oder dem zustimmen würde, ausgenommen in unserem, ganz besonderen Fall. Hier erarbeiten wir uns gerade unsere Positionen und darüber entsteht eine gewisse Sicherheit. Finn steht zu dir und umgekehrt. Ich will Daniel nicht verlassen – er ist einfach mein Mann fürs Leben. Ich will Kinder mit ihm und eine Familie, Annie. Und ich weiß, dass es für ihn auch so ist und nur deswegen klappt es mit uns vieren. Aber selbst dann – meinst du wirklich, dass es eine 100-prozentige Sicherheit für die Zukunft dafür gibt, dass es auch so bleibt?"

Annika schaute sie unergründlich an und kommentierte beeindruckt: "Du weise Eule!"

Das war so drollig gesagt, dass sie beide lachen mussten. Eine Weile saßen sie noch Arm in Arm da und bezahlten dann.

"Gib Daniel einen Kuss von mir", flüsterte Annika zum Abschied, "und zwar so einen..."

Sie umfasste Martina und gab ihr einen so feurigen Kuss, dass diese sich lachend schnell löste. "Also, das mach mal lieber selbst, mein Schatz, ihr seht euch ja schon bald!"

"Finn freut sich ebenfalls total auf dich", sagte Annika leise. Und mit einem Anflug von Humor fügte sie nach einem Augenblick an: "Ist schon irgendwie abgefahren: Als beste Freudinnen teilen wir uns jetzt auch noch unsere Kerle. Na, wenn das nichts heißt!"

Endlich war der Mittwoch da und ebenso das ersehnte Ende ihrer Arbeitszeit im Supermarkt. Annika verabschiedete sich mit einem Zwinkern aufgeregt, um den Markt zu verlassen.

Langsam ging Martina ihr hinterher und beobachtete, im Hintergrund verdeckt stehenbleibend, wie Annika auf dem Bürgersteig um sich schaute, bis sie Daniel entdeckte, der vor seinem Auto stand und ihr ein Zeichen gab. Fröhlich winkte sie zurück, überquerte die Straße und stieg bei ihm ein. Sie konnte erkennen, wie Daniel sich zu ihr beugte und dann fuhren sie kurze Zeit später davon.

Es war schon ein eigenartiges Gefühl, den Liebsten einer anderen Frau zu überlassen, selbst wenn es ihre beste Freundin und Geliebte war, dachte sie. Gleichzeitig fühlte sie sich selbst aufgeregt und voller Vorfreude. Denn auch sie hatte heute oft und sehnsüchtig an Finn gedacht und bald schon würde er vor ihrer Tür stehen.

Mit einem Lächeln im Gesicht marschierte sie gedankenversunken in Richtung ihrer Wohnung, als sie schnelle Schritte hinter sich hörte. Gerade wollte sie sich umdrehen, als sie mit eisernem Griff unsanft von der Straße abgedrängt und durch einen offenen Eingang auf ein Grundstück gezwungen wurde, das mit hohen Büschen gut abgeschirmt war.

"Halt den Mund oder du kannst was erleben!"

Völlig geschockt erkannte sie die Stimme von Martin, der sie fest gegen die Hauswand drückte und an seiner Hose herum nestelte.

"Dein Freund hat mir die Meinung geblasen und mir eine verpasst. Und jetzt bist du dran, du Schlampe, du hast mein Leben kaputtgemacht. Dafür wirst du bezahlen!"

Das war alles nicht wahr, dachte Martina wie erstarrt. So etwas passierte anderen, aber nicht ihr!

Er packte sie fest an den Haaren, sodass sie ihren Kopf nicht bewegen konnte, presste seinen Mund auf ihren und begann, mit seiner Zunge gierig in ihrem Mund herumzuwühlen. Gleichzeitig nahm sie wahr, dass er mit seinem erigierten Glied aufstöhnend gegen sie stieß.

Seine andere Hand hatte ihre Jacke schnell geöffnet und mit einem Ruck riss er die Bluse auf und den BH herunter. Kurz darauf fühlte sie seine kalte Hand, die sich schmerzhaft in ihre Brüste verkrallte.

Die Schockstarre endlich überwindend begann sie, sich mühsam zu wehren und biss ihn in die Zunge. Mit einem Aufschrei fuhr Martin zurück, um ihr im nächsten Moment mit voller Wucht ins Gesicht zu schlagen. Martina wurde zu Boden geschleudert und schlug irgendwo mit Kopf auf, sodass sie benommen liegenblieb.

Martin zischte: "Du verdammtes Dreckstück, beißt mir in die Zunge! Dir werd ich's zeigen."

Voller Wut trat er heftig zu. Ein durchdringender, stechender Schmerz in der Seite brachten sie aufschreiend dazu, sich automatisch schützend zusammenzurollen und noch einmal traf sie ein harter Tritt. Trotzdem kam sie allmählich zu sich und ihr Kampfgeist erwachte. Etwas spät, aber immerhin. Martin packte sie am Fuß und schleifte sie tiefer in den Vorgarten, weg vom Hauseingang. Ihre Gedanken rasten und sie entschied spontan, eine Niederlage vorzutäuschen. So blieb sie, scheinbar wimmernd, vor ihm liegen und gab vor, starr vor Angst zu sein.

Martin stand jetzt breitbeinig und siegesgewiss über ihr, massierte keuchend sein Glied und stieß hervor: "Na, schon genug? Jetzt zeige ich dir, was du bisher verpasst hast."

Er kniete sich vor sie und beugte sich vor, um die Jeans herunterzuziehen. Da sah sie ihre Chance. Sie zog blitzschnell ihr Bein an und trat ihm mit aller Kraft schreiend in sein grinsendes Gesicht, rollte sich blitzschnell seitlich weg, raffte sich auf und rannte wie ein Wiesel auf die Straße zurück in Richtung Schweizer Platz. Der Markt war noch auf und so flog sie fast die Rolltreppe hinunter.

"Mein Gott, wie siehst du denn aus", rief Carola entsetzt, als sie sie erkannte. "Geh erst einmal nach hinten in die Umkleide, Schatz, ich schicke jemanden."

Allmählich überkam sie ein Zittern und sie setzte sich. Eine Tasche hatte sie nicht mehr und als der Marktleiter kam, erzählte sie, was geschehen war. Er rief sofort die Polizei und gab ihr dann sein Handy. Sich zusammennehmend rief sie Daniel an. Aber es war nur sein Anrufbeantworter dran und so sprach sie ihm auf, dass sie bei Finn war und er bitte dorthin kommen sollte, wenn er den Anruf abhörte.

Die Telefonnummer von Annika hatte sie im Kopf, und erleichtert hörte sie, dass Finn abnahm. "Kannst du bitte sofort kommen? Es ist etwas passiert. Ich bin hier im Markt", sagte sie nur.

"Bleib da, wo du bist; ich komme, so schnell ich kann", antwortete er sofort besorgt.

Finn erschien 10 Minuten später und fand Martina starr auf dem Stuhl sitzend vor. Fassungslos stellte er fest, dass sie die Jacke krampfhaft geschlossen hielt; die Bluse schien zerrissen, Blut lief von einer aufgeplatzten Lippe am Kinn und einer Kopfwunde hinunter.

Bemüht, sein Entsetzen zu verbergen, holte er sich einen Stuhl, begutachtete zuerst die Verletzungen und setzte sich dann neben sie. Sie schien kaum anwesend, wie sie so vor sich hinstarrte und er nahm zunächst ihre kalten Hände in seine, sie ein wenig warm massierend.

"Wer war das, Martina?", fragte er ruhig.

"Martin", hörte sie sich schließlich wie von Ferne stockend sagen, "ein Arbeitskollege von Daniel."

Martina holte plötzlich tief Luft, schluckte und Finn zog sie sanft hoch, um sie in seine Arme zu nehmen. Tränen rannen die Wange herunter und sie begann, stark zu zittern. Dann brach es aus ihr heraus: "Ich habe ihn nicht kommen sehen ... er ... er hat mich abgedrängt und... "

Finn hörte ihr zu, während ihn eine rasende Wut erfasste. Dieser miese Dreckskerl ... aber die Rache musste warten. Sich mühsam beherrschend, wiegte er sie sanft, bis sie langsam ruhiger wurde.

Die Polizei erschien und er holte ein Glas Wasser, während alles aufgenommen wurde. Zitternd erzählte sie stockend und unter Tränen, was passiert war. Die Polizistin wollte einen Krankenwagen rufen, aber Finn sagte sofort, dass er besser selbst mit ihr dorthin fahren wollte, um bei ihr zu sein. Die Polizistin war einverstanden, erklärte aber eindringlich, dass er das in jedem Fall auch tun sollte; Martina stünde unter Schock und außerdem war es wichtig, dass sie untersucht würde und sich behandeln ließe. Alle Verletzungen mussten außerdem von einem Arzt festgehalten werden. Er sollte Fotos von ihrem jetzigen Zustand machen und die zerrissenen, verschmutzten Sachen durften nicht weggeworfen oder gewaschen werden.

"Daniel", sagte Martina jetzt, "Ich habe ihn nicht erreicht. Er denkt, ich bin bei dir."

"Lass nur, ich mache das schon", beruhigte Finn sie. Er rief ihn an, aber, wie Martina, erreichte er nur den Anrufbeantworter und so sprach er ihm kurz auf, dass Martina überfallen worden war und er mit ihr jetzt ins Krankenhaus fuhr. An ihn gelehnt, gingen sie langsam zu seinem Auto. Martina spürte allmählich, dass ihre Lippe pochte, Kopfschmerzen meldeten sich und sie hatte bei jedem Atemzug und beim Gehen Schmerzen.

"Meine Tasche ... ich ... ich habe sie dort verloren."

Finn nickte: "Wir fahren vorbei und ich schaue nach. Vielleicht finden wir dort noch mehr, was ihn belastet."

Er fuhr in die Nähe des Orts, wo Martin Martina überfallen hatte und sie deutete atemlos auf einen Eingang.

"Dort, da war es!"

Finn stieg aus, holte einen Schlagstock und eine Taschenlampe aus seinem Kofferraum und näherte sich vorsichtig, bis er sah, dass sich niemand mehr dort aufhielt. Er leuchtete herum und kam schließlich mit ihrer Tasche und ihrem BH zurück.

"Mehr habe ich nicht gefunden. Wäre ja auch zu schön gewesen", murmelte er grimmig.

Danach fuhren sie ins Krankenhaus in die Notaufnahme und er blieb bei ihr, bis feststand, dass ein unkomplizierter Rippenbruch vorlag und eine weitere angebrochen war. Eine Operation war nicht nötig, aber für die Schmerzen gab ihr die Ärztin Medikamente mit und die zwei Platzwunden wurden ebenfalls versorgt.

Als sie aus dem Behandlungszimmer herauskamen weinte sie plötzlich so hemmungslos, dass jemand auftauchte und ihr eine Beruhigungsspritze mit einem Schlafmittel gab. Auf die Frage hin, ob sie nicht doch besser eine Nacht hier bleiben wollte, schüttelte sie nur den Kopf und vergrub sich in Finns Mantel. Da Daniel sich immer noch nicht gemeldet hatte – vermutlich hörte er sein Handy aufgrund seiner Session mit Annika heute Abend nicht mehr ab – sprach er ihm auf, dass er mit Martina zu sich fahren würde.

Zu Hause angekommen duschte sie sich mit seiner Hilfe und legte sich hin. Das Medikament tat sein übriges und so schlief sie schnell ein.

Finn lag er die halbe Nacht wach, während Martina sich unruhig neben ihm hin und her wälzte, im Schlaf wimmerte oder aufgeregt etwas rief. Er nahm sich vor, mit Daniel morgen zu besprechen, ob sie gemeinsam etwas unternehmen konnten. Dieses Schwein sollte nicht ungeschoren davon kommen!

Morgens um 6.30 Uhr klingelte sein Handy: Ein aufgeregter Daniel war am Apparat. Finn erzählte ihm grob, was passiert war und sie vereinbarten, dass Martina heute bei ihm blieb. Daniel berichtete, dass ausgerechnet heute einige Besprechungen und eine Konferenz anstanden, bei denen er erscheinen musste. Er konnte also frühestens erst am späten Nachmittag kommen.

Und so bot Finn ihm an, da er seine Arbeit einteilen konnte, seine Termine zu verlegen, damit Martina heute nicht alleine blieb. Einen Moment lang herrschte Stille und dann sagte Daniel ernst: "Danke, Finn. Das vergesse ich dir nicht."

Als er alles geregelt hatte und zum Bett zurückkam, war Martina aufgewacht. Fragend schaute sie ihn an und so erzählte er, dass Daniel erst später kommen konnte. "Den Abend hatten wir uns eigentlich ganz anders vorgestellt, meine tapfere Frau", meinte er schließlich, als er neben ihr lag. In der Wärme seiner Arme geborgen schloss sie die Augen und war schnell wieder eingeschlafen.

Später am Vormittag machte er Frühstück und allmählich rappelte sich Martina stöhnend auch auf. Die Schmerzen waren wieder da, sie hatte leichte Kopfschmerzen und jeder Atemzug tat weh. Sie setzte sich ans Telefon, um einen Termin beim Arzt auszumachen und beim Polizeirevier mussten sie auch noch mal vorbei.

Als alles endlich erledigt war, fuhren sie wieder zu ihm, da sie noch nicht alleine in ihrer Wohnung sein wollte. Auf der Couch liegend kommentierte sie irgendwann lachend, dass sie sich daran gewöhnen könnte, so wunderbar umsorgt zu werden. Erfreut setzte er sich zu ihr und stellte fest: "Das erste Lachen heute - ein gutes Zeichen!"

"Immerhin ist er nicht zum Ziel gekommen, Finn, und er hat auch etwas abbekommen. Ich hoffe, er zehrt noch lange davon", meinte sie grimmig, während erneut Tränen die Backe hinunterrollten.

Finn hielt sie still im Arm und nach einem tiefen Atemzug sagte Martina: "Man denkt immer, dass einem das nie passieren würde und das hat mich wohl am meisten geschockt. Am Anfang konnte ich nicht reagieren und es hat sich angefühlt, als würde ich neben mir stehen und die ganze Situation regungslos beobachten. Aber dann war plötzlich der unbändige Wille da, nicht aufzugeben und unbedingt aus der Situation herauszukommen. Ich bin unendlich froh, dass ich das auch erlebt habe. Das hilft mir irgendwie, ich meine, dass ich mich gewehrt habe."

Martina veränderte vorsichtig ihre Stellung, um ihn anzusehen. Ihn leicht berührend fühlte sie, dass seine Wange ebenfalls feucht war. Traurig meinte sie: "Ich kann dich noch nicht einmal küssen."

"Das ist doch nicht entscheidend", erwiderte er sofort liebevoll, "du bist bei mir, mein Liebling, das ist wichtig." Martina seufzte und spürte, wie sie sich mehr und mehr entspannte. Finn hatte ihr so wunderbar beigestanden in der ganzen Aufregung, dachte sie, langsam ruhiger an den Vorabend denkend.

"Ich bin so froh, dass du gestern bei mir warst, Finn. Dabei habe ich den ganzen Mittwoch an dich gedacht und mich so auf dich gefreut", meinte sie nach einer Weile.

"Das ging mir ganz genauso."

"Weißt du, das mit dir fühlt sich alles noch so unwirklich an. Ich meine, ich habe nie daran gedacht, dass ich mich in dich verlieben könnte und nun…"

Finn lächelte gedankenverloren. Seine Hände streichelten sie wohlig und er gestand: "Im Grunde habe ich es damals schon auf der Burgparty gemerkt, Martina, als ich dich so verlockend mit Jan gesehen habe … aber da war mir ja Annika zuvor gekommen."

Glücklich streckte sie sich seinen Berührungen entgegen. "Autsch", stöhnte sie, zusammenzuckend, "das war nicht gut."

Dann fuhr sie fort: "Ich fand es schon immer toll, wie ruhig und stark du in allem reagiert hast."

Finn verteilte derweil hingebungsvoll Küsse auf ihren Haaren und ihrem Hals, während die Schmetterlinge in ihrem Bauch sich langsam auf den Weg machten.

"Es musste wohl einfach so kommen…", murmelte er leise.

Jeder Zentimeter ihrer Haut, über den er sanft strich oder den er küsste, schien sich mit einem prickelnden Leben zu füllen und plötzlich hungrig nach mehr zu verlangen.

"Mmmh", seufzte Martina sehnsüchtig, nahm seine Hand und legte sie auf ihre Brust: "Ich will dich so sehr … bitte … schlaf mit mir!"

"Naja", gab Finn nach einem Moment zu bedenken, "es ist ja nicht so, dass ich nicht will, meine Süße, aber das ist ja wohl nicht der beste Moment dafür, oder?"

Aber Martina bat darum, es zu versuchen und so wechselten sie ins Bett und fanden schließlich eine Position, bei der sie schmerzfrei liegen konnte. Während er sie zärtlich zu erregen begann, liefen Martina automatisch Bilder durch den Kopf: Der anfängliche Schock gestern über das, was passierte, die widerlichen Übergriffe … aber auch der Moment, in dem sie über sich hinaus gewachsen war und eine gewaltige Kraft in sich wahrgenommen hatte. Sein Aufschrei, als er von der Wucht ihres Trittes von ihr weggeschleudert wurde …

Und dann war da Finn, der er ihr beistand. Finn … im letzten Jahr schon war die Session heilend für sie gewesen und jetzt war er wieder hier, an ihrer Seite, dachte sie halb entrückt, während ihr Herz ihm mit jedem Schlag weiter zuflog. Er hatte ein so feines und untrügliches Gefühl für den Augenblick, dieser ruhige, starke und wunderbare Mann. Und viel mehr dachte sie auch schon nicht mehr, da alles in der himmlischen Wonne verschwamm, die er ihr bereitete. Und als er sich schließlich zurückzog, fragte sie: "Und du?"

"Das wäre wilder geworden, als es dir gut getan hätte", grinste Finn sie fröhlich an. "Wenn es dir wieder gut geht, dann holen wir alles nach, versprochen. Es war auch so schön für mich, mein wunderbarer Liebling." Wieder zusammenliegend flüsterte Martina: "Danke." "Wofür?", gab er bewegt zurück. Jetzt neben ihr liegend streichelte er sie zärtlich und sie genoss, jetzt vollkommen entspannt, die gemeinsame Nähe. Die Wunden würden bald heilen, dachte sie plötzlich, ihren liebkosten Körper wahrnehmend, der, wie ein kleines Kätzchen, schnurrend in seinen Armen lag. Unendlich glücklich darüber, was sie mit ihm erlebte, tauchte der Gedanke und dann das überwältigende Gefühl auf, dass sie ihn liebte ... aber ... konnte man wirklich zwei Männer lieben? Wie sollte das gehen? Und irgendwann gab sie es auf, darüber nachzusinnen. Wie hatte es Finn mal so treffend ausgedrückt: "Es ist das, was es ist".

"Ich liebe dich", murmelte sie schließlich kaum hörbar.

Finn, ihre Worte trotzdem vernehmend, erwiderte leise mit einem aufsteigenden Glücksgefühl: "Ich liebe dich auch."

Gegen 17.30 Uhr öffnete sich die Tür. Daniel hatte Annika nach der Arbeit abgeholt und so kamen sie beide zusammen.

An der Tür des Schlafzimmers stehend sahen sie, dass Finn und Martina schliefen. Martina hatte eine große Beule am Kopf und ihr Mund war geschwollen und verfärbt; weiße Tapes zierten die Lippe und die Stirn. Annika zog Daniel, der seine Frau entsetzt anstarrte, mit sich in die Küche.

"Lass sie schlafen, Daniel. Das tut ihr gut. Wenn ich Finn jetzt wecke, wird sie ebenfalls wach. Wir warten ab."

Sie machte eine Kanne Tee und es dauerte nicht lang, da erschien Finn in die Küche, der die Stimmen gehört hatte. Martina schlief nach wie vor fest.

Sich zu ihnen setzend, drückte Annika ihm einen Becher mit Tee in die Hand und er berichtete den beiden in allen Einzelheiten von dem Abend.

Daniel sprang auf und lief wie ein Tiger im Käfig hin und her. "Ich bringe den Kerl um", murmelte er aufgewühlt.

"Ich habe auch schon daran gedacht, ihm eine Abreibung zu verpassen", stimmte Finn zu.

"Könntet ihr bitte auch daran denken, dass ihr damit im Knast landet", kommentierte Annika sofort trocken. "Davon haben Martina und ich nichts!"

Finn und Daniel sahen sich nur in wortloser Übereinstimmung an. Finn wandte sich dann Annika zu und meinte beruhigend: "Klar, Schatz, du hast schon recht. Die Anzeige läuft und er wird sein Fett abbekommen."

Mittlerweile war Martina aufgewacht und Daniel kam ihr entgegen, um sie in den Arm zu nehmen. "Daniel!", glücklich warf sie sich in seine Arme, um sofort jammernd aufzuzucken: "Autsch!"

Nach einem gemeinsamen Becher Tee entschied Annika, dass Martina sich wieder hinlegen musste und ging mit ihr ins Wohnzimmer, damit sie dort auf die Couch legte.

Die Männer blieben in der Küche sitzen. Abwartend, bis sie die Stimmen der Frauen hörten, die sich unterhielten, schloss Finn leise die Küchentür.

Nach einer Weile kamen die Männer nach und wenig später schlug Daniel vor, dass sie jetzt allmählich fahren sollten. Annika umarmte ihre Freundin lange und Daniel und Finn sahen sich bedeutungsvoll an.

"Lass uns die nächsten Tage zusammen was trinken gehen, Finn, nur wir beiden Männer. Gib Echo, wann es dir passt."

Finn grinste und sagte nur: "Alles klar!"

Kapitel 9 Zusammenbruch

Daniel hatte sich den darauffolgenden Tag frei genommen und umsorgte sie so hingebungsvoll, dass sie schließlich begeistert feststellte: "So kenne ich dich noch gar nicht, Liebster."

"Ich war nicht für dich da, als du mich gebraucht hast", brach es schließlich aus ihm heraus. "Hätte ich den Abend nicht mit Annika verbracht, dann wäre das alles nicht passiert!"

Betroffen sah sie ihn an. "Na, hör mal ...", begann sie, als er sie auch schon unterbrach.

"Ich hätte dich normalerweise vorgestern abgeholt und nichts von alledem wäre passiert, mein Schatz. Sag mir nicht, dass es nicht so ist!", warf er aufgeregt ein. "Immer wieder denke ich daran, was ich an jenem Abend, als wir zu viert zusammen saßen, hätte tun sollen: mit dir die Party verlassen. Stattdessen habe ich mich auf die ganzen Verirrungen eingelassen! Es ist kein Wunder, dass es so etwas kaum gibt. Das kann niemals gut gehen und jetzt haben wir eine weitere Folge davon erlebt."

Martina sagte jetzt energisch: "Also, das sehe ich ganz anders! Das letzte Mal, als Martin mich belästigt hatte, wusste er genau, dass du mich nicht abholen würdest, Daniel. Und vorgestern? Ich weiß es nicht – vielleicht hat er mich schon öfter beobachtet oder es war der reine Zufall, dass er mich alleine gehen sah und er hat den Moment ausgenutzt. Du kannst mich nicht rund um die Uhr beschützen. Und ich würde das auch nicht wollen."

In der darauffolgenden Stille sahen sie sich beide an.

Daniel gestand ihr gequält, dass er es kaum aushielt, sie so misshandelt zu sehen.

"Hey, du machst dir völlig sinnlos Vorwürfe", wandte Martina weich ein. "Früher oder später hätte er eine andere, passende Gelegenheit abgewartet, bei dem Hass, den er auf mich hatte. Jetzt hat er eine Anzeige am Hals und, dank der Kampfspuren, wird er seine Quittung bekommen. Außerdem hat er im Gesicht ganz bestimmt noch eine Erinnerung an mich", schloss sie zufrieden.

"Im Gegensatz zu mir geht es dir ja schon richtig gut", stellte Daniel schließlich fest und musterte sie forschend.

"Ich hatte ja auch einen tollen Therapeuten an meiner Seite", lächelte sie, in Erinnerung an die gestrigen Stunden. Gleich darauf dachte sie, dass sie das vielleicht besser nicht gesagt hätte, denn Daniel runzelte die Stirn und sah sie merkwürdig an. Und dann hakte er auch schon nach: "Wie meinst du denn das?"

Sollte sie ihm davon erzählen, dass sie Finn gebeten hatte, mit ihr zu schlafen? Es hatte ihr so gut getan. Da sich Daniel nun aber genau vorwarf, nicht für sie da gewesen zu sein, schien das nächste Eifersuchtsdrama unabänderlich auf sie zuzurollen.

"Nun, was ist da zwischen euch gestern gelaufen?", fragte er fordernd, ihr Zögern sofort bemerkend. Seufzend gab Martina nach. Sie konnte schlecht lügen und er sah es ihr sowieso schon an, dass ihr etwas auf der Zunge lag. Sie streckte die Hand nach ihm aus und er setzte neben sie.

"Finn hat mir in allem so wunderbar beigestanden."

Ruhig saß Daniel neben ihr und sagte nichts, in dem sicheren Gefühl, dass noch mehr folgen würde.

"Ich habe ihn gestern gebeten, mit mir zu schlafen. Es hat mir gut getan."

"Du hast was?", fragte Daniel aufgebracht. Völlig fassungslos starrte er sie an. "Ich mache mir Gedanken um dich, dass ich dich nicht beschützen konnte. Und während ich in dieser verdammten Konferenz gesessen habe und nur daran denken musste, wie es dir geht und dass ich nicht bei dir sein kann, hattest du nur Sex mit Finn im Kopf!"

"So war das nicht", erwiderte Martina leise.

"Ach nein? Wie dann? Erklär' es mir bitte!", schnaubte er jetzt.

Sie hatte es ja geahnt, dachte sie ernüchtert. Offenheit war zwar wichtig und gut, aber nicht zu jedem Zeitpunkt.

"Erst haben wir lange über den Überfall gesprochen und später kamen wir darauf, dass wir beide uns den Abend anders vorgestellt hatten und ..."

"Es reicht! So genau will ich das gar nicht hören", rief Daniel wütend und stand abrupt auf. "Weißt du was? Dann geh doch ganz zu deinem Finn, wenn er so toll ist! Ich bin dir wohl nicht mehr gut genug!" Er lief aus dem Zimmer, nahm seinen Mantel und kurze Zeit später viel die Tür mit einem Knall ins Schloss.

Martina saß eine ganze Weile still da und spürte, wie der dünne Schutzmantel der Liebe, der sich nach dem Schock dank Finn so heilend um sie gelegt hatte, zu schwinden begann. Unvermutet begann sie sich elend zu fühlen und am Ende ihrer Kraft.

Während sich die Tränen sammelten, erkannte sie, dass sie im Moment nicht in der Lage war, sich mit Daniel zu streiten. Sie liebte ihn, aber sie wusste genauso, dass Finn ebenfalls einen Platz in ihrem Herzen hatte. Ein Ende des Konflikts war also nicht in Sicht ... was sollte sie nur tun? Schließlich holte sie ihr Handy und rief ihre Mutter an, darum bittend, zu ihr fahren zu dürfen.

"Natürlich, Kind, du bist hier immer willkommen", sagte diese sofort. "Was ist denn mit Daniel?"

"Der hat zu viel zu tun und ich will nicht alleine sein. Mir geht es nicht so gut", erwiderte sie nur. Danach packte sie ein paar Sachen zusammen, legte einen Zettel hin und verließ die Wohnung, um zu ihrem Auto zu gehen, das vor zwei Tagen in der Nähe abgestellt worden war. Auf dem Weg nach Gießen machte sich eine große Erschöpfung in ihr breit. Zum Glück war nicht allzu viel Verkehr und so war sie nach einer guten Stunde am Ziel. Ihre Mutter öffnete die Tür und erschrak: "Mein Gott, Kind, wie siehst du denn aus?"

"Ach, Mutti", sagte Martina nur und brach in Tränen aus, die nicht aufhören wollten.

"Du musst sofort ins Bett", sagte diese nur und schickte sie in ihr Zimmer, während sie ihr einen Tee machte. Sie setzte sich zu ihr, während ihr Martina vom Überfall erzählte, aber den ganzen Rest ließ sie aus. Ihre Mutter würde es weder verstehen noch nachvollziehen können. Später schlief sie endlich ein und wachte nachts unruhig auf, sich heiß und benommen fühlend.

Daniel wanderte eine Zeitlang durch die Gegend und setzte sich anschließend in ein Lokal, um ein Bier zu trinken.

Wie konnte sie nur!, dachte er, immer noch aufgebracht. Irgendwie fühlte er sich betrogen. Martina hatte Finn darum gebeten, mit ihr – und das in dem Zustand! - zu schlafen! Grimmig nahm er sich vor, Finn am Montagabend, ihrem ersten, gemeinsamen Männerabend, die Meinung zu geigen. Wie hatte er nur daran denken können, mit den Verletzungen, die sie hatte? Aber warum hatte sie nicht ihn, Daniel, darum bitten können? Das war wirklich bitter. Sie wusste doch, dass er kommen würde und schließlich war er sozusagen ihr Mann - oder jetzt auf einmal doch nicht mehr? Brennend vor Eifersucht stürzte er sein Bier hinunter, ohne dass es diesen Brand zu löschen vermochte.

Nachdem er noch einige Runden gedreht hatte und allmählich ruhiger wurde, schlug er den Weg nach Hause
ein. Er würde heute Nacht auf der Couch schlafen, entschied er grimmig und dann morgen weitersehen.

In die Wohnung kommend war es still und als er leise ins
Schlafzimmer ging, um seine Decke zu holen, sah er,
dass Martina nicht da war. Bestürzt machte er kehrt und
entdeckte den Zettel auf dem Couchtisch: "Ich bin zu
meiner Mutter gefahren. Ich liebe dich, Martina."
Am nächsten Tag rief er in Gießen an, aber ihr Handy
war ausgeschaltet. Zum Glück wusste er, wie ihre Mutter
hieß und wo sie wohnte und so rief die Auskunft an. Sie
war sofort am Telefon und erzählte ihm, dass Martina
über Nacht hohes Fieber bekommen hatte. Der Arzt war
schon da gewesen und hatte ihr ein Antibiotikum gegeben, da in ihrem Zustand die Gefahr einer Lungenentzündung sehr hoch war. Vielleicht war es auch nur eine
Grippe, die sie sich eingefangen hatte.

Daniel fragte, ob er sie besuchen könnte, aber sie teilte
ihm freundlich und bestimmt mit, dass Martina im Moment niemand sehen wollte und nur Ruhe brauchte.

Schuldbewusst gestand er sich anschließend ein, dass
er ohne jede Rücksicht einen heftigen Streit angefangen
hatte und vermutlich damit auch zu ihrem Zustand beige-
tragen hatte. Diese verdammte Eifersucht ... er hätte
warten sollen, bis es ihr besser ging.

Das Wochenende verbrachte er in unruhiger Stimmung.
Wie stand es wirklich mit ihr und Finn? Gab es noch eine
Chance oder waren ihm endgültig alle Felle davon ge-
schwommen, wie man so schön sagte. Sie hatte so
glücklich ausgesehen, als ihr der Satz mit Finn heraus-
gerutscht war. Dann wieder war er besorgt wegen ihres
hohen Fiebers. Daniel rief jeden Tag an, um zu fragen,
wie es ihr ging. Aber ihr Zustand blieb unverändert und

so schlug er am Sonntagabend vor, dass sie besser in ein Krankenhaus kam. Ihre Mutter stimmte ihm zu, sollte sich das Fieber weiter so hartnäckig halten. Aber am Montagmorgen kam die Entwarnung: Es trat endlich eine Besserung ein.

Am Montagabend wartete er nach der Arbeit auf Finn in der Pinte, in der sie sich verabredet hatten. Er erhielt eine kurze SMS: "Komme etwas später, Finn."
Schließlich tauchte er auf und entschuldigte sich für sein spätes Erscheinen, aber er war nicht früher losgekommen.
"Was ist los?", fragte Finn, Daniel musternd, der ihn nur stumm anstarrte.
"Du hast mit ihr geschlafen, obwohl du wusstest, dass sie so verletzt war, mein Freund. Und jetzt hat sie seit Tagen hohes Fieber", warf er ihm an den Kopf, bewusst einige Details auslassend. Sollte sich doch Finn genauso schlecht fühlen wie er! Und er bekam sofort seine Genugtuung. Zufrieden beobachtete er, wie Finn blass wurde und in seinem Gesicht sich jetzt eine heiße Sorge mit einem starken Schuldgefühl abwechselte.
"Was hat sie?", fragte er schließlich. "Rippenfellentzündung?"
"Das wissen die Ärzte noch nicht", entgegnete Daniel nur.
"In welchem Krankenhaus liegt sie denn?"
"Sie will zurzeit niemanden sehen."
Es trat eine Stille ein, in der Finn ihn jetzt nachdenklich ansah. "Auch dich nicht?"
"Auch mich nicht."
"Warum ausgerechnet dich nicht?", bohrte Finn nach. Vermutlich musste er doch langsam Farbe bekennen,

dachte Daniel mit einem Achselzucken und schließlich erzählte er ihm die Wahrheit.

"Da hast du ja wieder mal ganze Arbeit geleistet", kommentierte Finn jetzt aufgebracht. "Du machst mir Vorwürfe und steckst selbst tief drin. Und ja, sie hat mich darum gebeten. Aber es ist nicht so gewesen, wie du es dir wohl ausgemalt hast. Es ist aus dem Moment heraus entstanden und sie hat es sich gewünscht, ich denke mal als Ausgleich für das üble Erlebnis. Es war auch kein wilder Sex, sondern vorrangig habe ich mich auf sie konzentriert. Danach war sie entspannt und ist friedlich eingeschlafen. Das war alles, "mein Freund!".

In der darauffolgenden Pause funkelten sich beide Männer wortlos an.

"Was soll denn das heißen ... "mal wieder"?", fragte Daniel, nach wie vor angriffslustig.

"Schnee von gestern", erwiderte Finn, ruhiger werdend, "darüber reden wir gerne ein anderes Mal."

"Was genau läuft da zwischen euch?!", fragte Daniel in einem scharfen Tonfall, nicht locker lassend.

Finn betrachtete ihn und dachte, dass es kein Wunder war, dass Martina in ihrem Zustand die Flucht ergriffen hatte. Daniel war ein feiner Kerl, aber wenn er eifersüchtig wurde, brannten bei ihm alle Sicherungen durch.

"Nun?!", forderte Daniel ungeduldig.

Egal, was er jetzt dazu sagte, es würde Öl auf sein Feuer gießen. "Du bist eifersüchtig", gab ihm Finn jetzt zurück und verschränkte seine Arme.

Daniel schnaubte, trommelte mit den Fingern auf dem Tisch herum und fragte dann angespannt: "Und – habe ich Grund dazu?!"

"Ja und Nein, ganz wie du es sehen willst."

Wütend starrte Daniel ihn jetzt an: "Willst du mich veräppeln? Red' Klartext, Mann!"

"Daniel, ich liebe Martina und trotzdem ändert sich nichts für mich. Und ich denke, dasselbe kann ich für sie sagen."

Jetzt war die Katze aus dem Sack, erkannte Daniel, seine schlimmsten Befürchtungen bestätigt sehend und doch gleichzeitig erleichtert. Das passte zu dem, wie er Martina erlebt hatte.

Er nahm einen Schluck Bier und schaute regungslos vor sich hin, während alles in ihm in Aufruhr war. Dann dachte er darüber nach, was Finn gesagt hatte: Es änderte sich nichts, weder für ihn noch für sie...

Nach einer Weile, in der keiner von beiden ein Wort sagte, ging ihm durch den Kopf, was für ein kunterbuntes Wirrwarr entstanden war: Er und Martina, Martina und Annika, Martina und Finn und mittlerweile auch er und Annika! Eigentlich fehlten nur noch er und Finn in der ganzen Sammlung. Unwillkürlich huschte ein Schmunzeln über sein Gesicht und die Anspannung löste sich allmählich. Aber das war nun etwas, was für ihn unvorstellbar war. Aufschauend begegnete er Finns abwartendem Blick.

"Ziemlich verrückt, unsere ganzen Beziehungskonstellationen", brachte er schließlich heraus. Eigentlich konnte er mit Finn ganz gut, stellte Daniel fest, während er ihn ansah. Direkt, gerade heraus und keine Hintertürchen.

"Sie liebt uns also beide, was? Ich bin nicht begeistert aber es ist ja wohl nicht mehr zu ändern", knurrte er und bestellte zwei weitere Biere für ihn und Finn.

"Du bist eingeladen. Und danke, Mann, dass du dich um sie gekümmert hast."

Ihn jetzt offen anschauend erwiderte Finn sein Friedensangebot mit einem erfreuten Nicken und entspannte sich nun ebenfalls. In Daniel tauchte plötzlich das leise Gefühl auf, dass sie heute den Grundstein für eine gute Männerfreundschaft gelegt hatten.

Langsam ging es ihr wieder besser, nachdem sie einige Tage wie benommen im Bett gelegen hatte, bemerkte Martina. Sie war zwar noch etwas geschwächt und immer wieder müde, aber jetzt konnte sie wenigstens schon mal ein wenig aufstehen.

Ihre Mutter erzählte ihr jetzt, dass Daniel jeden Tag anrief und seit dieser Woche auch ein Finn, um sich zu erkundigen, wie es ihr ging. Neugierig sah sie sie an. Eigentlich hatte Finn nicht die Telefonnummer ihrer Mutter, es sei denn ... Daniel hatte sie ihm gegeben! Hatten die beiden sich etwa getroffen und miteinander geredet, ohne dass Daniel ausgerastet war? Verblüfft sah sie vor sich hin und das erste Lächeln seit Tagen erschien auf ihrem Gesicht.

"So langsam bin ich wieder offen für Gespräche", teilte sie ihrer Mutter mit und schaltete ihr Handy, neugierig geworden, wieder ein.

Zuerst rief Finn an. "Hey, mein Schatz, wie geht es dir?"

"Schön, dass du anrufst", freute sie sich. "Sag mal, woher hattest du die Nummer meiner Mutter?"

Er erzählte ihr von dem Männerabend und dass er sich mit Daniel ausgesprochen hatte. "Also, Liebes, wann kommst du zurück in unsere Arme?", fragte er fröhlich.

"Und damit meine ich mich, Annika und Daniel. Wir alle drei vermissen dich", fügte er an.

Einen Augenblick lang war sie vor lauter Überraschung völlig sprachlos. Schließlich lachte Martina: "Ich denke mal, eine Woche werde ich noch hier bleiben; ich bin noch ein wenig schwach auf den Beinen, aber es wird langsam."

"Willst du Besuch bekommen?", fragte er jetzt.

"Das ist zwar sehr verlockend, aber ich will keine Unruhe in das Leben meiner Mutter bringen. Und mir tut es auch mal gut, Zeit nur für mich zu haben."

Später am Abend rief dann Daniel an.

Erleichtert, dass sie mit ihm sprechen wollte, entschuldigte er sich zuerst für jenen Abend und erzählte, dass er sich mittlerweile mit Finn getroffen hatte.

"Und, habt ihr euch duelliert?", fragte sie humorvoll, da sie ja den Ausgang schon kannte.

"Naja, ein paar Sachen stehen noch in der Kneipe und die Schadensersatzforderungen laufen an. Nein, mein Schatz, natürlich nicht. Er hat mir übrigens gestanden, dass er dich liebt."

Zum zweiten Mal an diesem Tag fehlten ihr die Worte und es herrschte Stille am Telefon. Das hatte Finn ihm gesagt? Er war wirklich ein besonderer Mann, dachte sie, während ihre Gefühle für ihn hochwallten.

"Und du, liebst du ihn auch?", fragte Daniel jetzt.

"Ja", sagte sie leise.

"Und wo stehe ich für dich?"

"Ich liebe dich auch, Daniel", antwortete sie nur. Würde er ihr glauben oder erneut wütend werden? Nach einer weiteren Pause hörte sie ihn jedoch liebevoll sagen: "Jetzt erhol dich erst mal schnell. Ich will, dass du bald zu mir nach Hause kommst, mein Liebling, du fehlst mir so sehr! Später, wenn du dich bereit dazu fühlst, dann sehen wir weiter, wie wir mit all dem umgehen. Einverstanden?"

Nach dem Telefonat lag sie lange Zeit da und spürte, wie sich Erleichterung und Freude langsam in ihr breit machten. Müde geworden von den ganzen Gesprächen glitt Martina in einen langen, heilsamen Schlaf.

An jenem Montagabend hatten er und Finn noch lange zusammen gehockt, erinnerte sich Daniel, während ihm im Laufe der Woche noch einige Male ihr Gespräch in den Sinn kam. Finn hatte ihm auf seine Frage hin, wie er zu seiner Neigung eigentlich gekommen war, erzählt, dass es ihm schon früh bewusst geworden war. Bereits in jungen Jahren hatte er gemerkt, dass es ihm Spaß machte, seine Partnerin mit einer Wäscheleine zu fesseln. Aber so richtig klar war es erst, als ihm als junger Mann ein Flyer für eine BDSM Veranstaltung in die Hände fiel. Danach hatte er Blut geleckt und so hatte er, genauso wie er selbst auch, eifrig die verschiedenen Events und Partys besucht, um seine Erfahrungen damit zu machen. Letzten Endes war BDSM für ihn so facetten- und abwechslungsreich, dass er sich eine Partnerin, die nicht dieselbe Neigung hatte wie er, nicht mehr vorstellen konnte. Und schließlich hatten er und Annika sich kennengelernt und ineinander verliebt.

Daniel hatte ihm dann seinerseits erzählt, dass er sich jahrzehntelang seine Wünsche nicht eingestanden hatte. Und erst nach dem Desaster mit Martina hatte er sich aufgerafft, dem endlich nachzugehen. Er erzählte ihm von Nicky und seinen Erfahrungen mit der Scene im letzten Jahr und sie kamen schlussendlich beide überein, dass es erst mit der Partnerin, die man liebte, wirklich umwerfend wurde.

Unvermittelt hatten sie sich beide wortlos angesehen, daran denkend, dass jeder von ihnen auch mit der Frau des anderen schlief.

"Mal ehrlich", meinte Daniel, "bist du gar nicht eifersüchtig, wenn ich mit Annika zusammen bin?"

"Ganz ehrlich?", antwortete Finn. "Klar bin ich das und ganz besonders, was dich angeht."

Er hatte ihn wohl etwas verblüfft angesehen, sodass Finn erklärend anfügte: "Du hast eine Art von Dominanz, die Annika total anmacht."

Nach einem Moment fuhr er fort: "Weißt du, ich genieße es im Bett, wenn sich alles ohne viel Kopf aus dem Moment heraus und spontan entwickelt. Ich bin immer offen für Ungewöhnliches gewesen und habe bisher damit gute Erfahrungen gemacht, Daniel. Allerdings mit klaren Ansagen, Regeln und ohne Heimlichkeiten. Letzteres ist ein K.O. Punkt. Dann ist eine Beziehung am Ende."

"Und was schlägst du hier vor? Klar, ich und Annika sehen uns maximal einmal die Woche, und das gilt auch für dich und Martina. Aber ... wenn ihr beide euch liebt, wie du sagst, wie kommst du damit klar? Ich meine, du würdest doch irgendwann mehr wollen, oder?", tastete sich Daniel vor, gespannt auf seine Antwort.

Finns Blick wurde sichtbar weich, als er sagte: "Daniel, mit Martina ist es unglaublich schön. Aber es ist nicht nur das. Ich bewundere ihren Mut, ihre Stärke und ihr Fähigkeit zur Hingabe."

Er machte eine Pause, in der er auf sein Bierglas schaute, während Daniel immer noch ruhig abwartete. Dann sah er ihn fest an: "Annika ist meine Frau, Daniel, und ich will sie in keinem Fall verlieren. Auf der anderen Seite ist da Martina ... ganz ehrlich, klar, natürlich will ich diesen Gefühlen Raum geben, sie leben und genießen. Und das tue ich auch, und zwar in dem Rahmen, den wir vier vereinbart haben. Und dabei bleibt es, das kann ich dir zusagen."

Respekt, dachte Daniel. Er erkannte an Finns Blick, dass er meinte, was er sagte und gleichzeitig wurde ihm bewusst, warum Martina sich in ihn verliebt hatte.

Abschließend hatte er ihm die Nummer von Martinas Mutter gegeben. "Vielleicht hast du Lust anzurufen? Sie freut sich bestimmt", hatte er nur gesagt. Finn hatte ihn überrascht angesehen und dann hatten sie sich zum Abschied kurz umarmt. "Danke, Mann, das freut mich riesig."

Es war ein guter Abend gewesen, wie er ihn in dieser Offenheit noch nicht erlebt hatte.

Am Mittwoch erhielt er eine SMS von Annika: "Sehen wir uns die Woche noch?"

"Gerne. Passt es dir heute?", schrieb er zurück.

Und am Abend holte er sie nach der Arbeit ab und sie fuhren zu ihm nach Hause. Aber anstatt sofort im Bett zu landen, was sie wohl erwartet hatte, öffnete er spontan eine Flasche Wein und fragte, was sie gerne essen würde. So wie Martina einst machte sie große Augen, dass er kochte und war dann erfreut mit einem Steak und Bratkartoffeln einverstanden.

"Das dauert nicht allzu lange, mein Kätzchen", meinte Daniel schmunzelnd und schon war er an der Küchenzeile mit der Arbeit beschäftigt, während Annika ihm still zusah und ihren Wein trank.

"Ihr hattet euch gestritten, du und Martina, habe ich gehört", meinte sie unvermutet.

"Ja, hatten wir, aber das tut mir jetzt leid. Ich vermisse sie sehr", meinte er.

"Das geht nicht nur dir so", erwiderte Annika. "Finn vermisst sie und ich auch. Und Martin bekommt hoffentlich gewaltig eins auf die Mütze!"

"Hast du denn kein Problem damit, dass Finn Gefühle für sie hat? Wie geht's dir denn damit?", fragte Daniel neugierig.

"Naja, ich weiß, dass Finn mich liebt und außerdem liebe ich Martina auch irgendwie. Eigentlich kann ich's ihm nicht verdenken", lachte sie. "Und du, du bist ihr Mann fürs Leben, Daniel. Also ist es irgendwie okay für mich, so komisch das klingt. Ganz schön verrückt, was?"

"Ja", grinste Daniel zurück, "mehr als verrückt. Meinst du, das funktioniert auf Dauer?"

"Wer weiß das schon", murmelte Annika und erhob sich, um zu ihm zu gehen. "Und wer weiß, vielleicht verliebe ich mich ja auch in dich!"

Hinter ihm stehend begann sie, ihm das Hemd herauszuziehen und seine Hose zu öffnen, bis er lachend protestierte und meinte, so würde das nichts mit dem Essen.

Aber sie drehte einfach den Herd aus und meinte, dass sie jetzt Appetit auf eine Vorspeise hätte. Daniel schaute sie etwas perplex an und setzte sie dann kurzentschlossen auf die Kücheninsel, um ihr ihren Wunsch zu erfüllen. "Aber der Hauptgang kommt später noch", flüsterte er ihr dabei ins Ohr.

In der darauffolgenden Woche sahen sich noch einmal und mit einen Anflug von schlechtem Gewissen dachte er daran, dass er es sich gutgehen ließ, während Martina sich in Gießen noch erholte.

Andererseits hatte das Gespräch mit Finn eine Veränderung in ihm bewirkt. Er hatte sich entschieden, sich einzulassen und das gehörte mit dazu.

Als Annika und er früh am Morgen zusammen noch ein kleines Frühstück einnahmen, bevor er sie zum Markt fuhr, meinte Daniel, dass sie Finn von ihm grüßen sollte. Am Wochenende würde er versuchen, dass Martina nach Hause kam. Und vielleicht konnten sie sich dann auch mal wieder zu viert treffen. Annika schaute ihn beeindruckt an und meinte: "Finn wird sich freuen. Er fand euren Abend echt toll."

Kapitel 10 Scheinharmonie

Am Samstagvormittag fuhr Daniel mit dem Zug nach Gießen, um Martina nach 2,5 Wochen endlich abzuholen. Er wollte nicht, dass sie selbst fuhr, denn sie hatte letzten Endes doch eine Lungenentzündung gehabt und war gerade erst dabei, wieder vollständig zu genesen. Und als er vor der Tür stand, öffnete eine strahlende Martina die Tür und fiel ihm um den Hals. Ihre Mutter stand im Hintergrund und lächelte erfreut. Was für einen fürsorglichen und liebevollen Schwiegersohn sie bekommen würde! Und als er ihr dann auch noch den Strauß Blumen überreichte, war sie sicher, dass jede Mutter gerne mit ihr tauschen würde. Nach einer Tasse Kaffee wollte er allerdings schon wieder fahren und so verabschiedete sie sich von ihrer Tochter.

Zu Hause angekommen bestand Daniel darauf, dass sie es sich auf der Couch bequem machte, während er ein leckeres Essen zubereitete.

"Du verwöhnst mich", stellte Martina hingerissen fest und als sie schließlich entspannt in seinem Arm lag, meinte Daniel: "Ich soll dir Grüße von Annika und Finn ausrichten. Sie freuen sich sehr auf dich."

Nach einer kurzen Pause fragte Martina: "Und ihr habt euch wirklich ausgesprochen, du und Finn?"

"Wir haben das wie echte Männer unter uns geregelt", grinste er.

Martina seufzte und streckte sich wohlig aus. Das waren traumhafte Nachrichten, aber so richtig glauben konnte sie es noch nicht. Nach dem Eifersuchtsdrama vor drei Wochen sollte er plötzlich so friedfertig geworden sein?

"Ab Mittwoch gehe ich wieder zur Arbeit", meinte sie, das Thema wechselnd.

Sie musste zwar immer noch etwas aufpassen mit den zwei Rippen; es ziepte manchmal noch ein wenig, aber im Großen und Ganzen war alles am Verheilen, genauso wie ihre Lippe und die Platzwunde am Kopf. Nächste Woche sollte sie zum Röntgen kommen und vermutlich war dann alles gut.

"Gut, aber ich fahre dich vorerst hin und hole dich ab, mein Schatz. Übrigens, ich habe mit Finn besprochen, dass wir unseren speziellen Abend dieses Mal auf Freitag legen."

Neugierig sah sie ihn an: "Wieso das denn?"

"Ich hole Annika ab und Finn dich und dann treffen wir uns alle zusammen erst wieder am Samstag im Restaurant. Bist du einverstanden?"

Einen Moment war sie völlig sprachlos. Was war zwischen den beiden passiert, dass er wie umgewandelt war?

"Du kannst es ja kaum erwarten, mich abzugeben", stellte Martina humorvoll fest. Und plötzlich kam ihr ein Gedanke. "...Annika, hmh? Habt ihr euch in der Zwischenzeit eigentlich auch getroffen?"

"Klar", sagte er, scheinbar wie selbstverständlich. "Trotzdem habe ich dich vermisst, meine Süße. Sie kann dich nicht ersetzen." Daniel beugte sich zu ihr und begann, sie zärtlich zu küssen. Irgendwann fragte er: "Magst du?"

"Ganz so wild geht es allerdings noch nicht", flüsterte sie lächelnd.

"Ich liebe dich", flüsterte Daniel ihr heiß ins Ohr und verwöhnte sie so intensiv und hingebungsvoll, dass kein Wunsch offen blieb. Hinterher hielt er sie im Arm und fragte: "Wollten wir nicht auch mal eine Familie gründen?"

"Das wollten wir, Liebster."

"Und wann wollen wir damit anfangen?", fragte er und bedeckte ihr Gesicht zärtlich mit vielen Küssen.

Etwas irritiert richtete sie sich halb auf: "Warum kommst du ausgerechnet jetzt damit?"

"Warum nicht? Ich werde nicht jünger, mein Schatz", entgegnete Daniel liebevoll.

Martina lehnte sich wieder zurück und ein Lächeln überzog ihr Gesicht: "Eigentlich hast du recht, warum nicht? Wir sind im richtigen Alter und ich wünsche mir Kinder mit dir, Daniel."

Einen anderen Gedanken aussprechend, der ihr im Kopf herum spukte, fragte sie: "Aber sag mal, das hat jetzt nichts damit zu tun, dass Finn und ich dir gestanden haben, dass wir Gefühle füreinander haben?"

Einen Moment lang herrschte einen merkwürdige Stille und so hakte sie aufmerksam nach: "Oder?"

"Naja", gab Daniel schließlich zu. "Vielleicht ein kleines bisschen. Aber im Grunde stimmt es so, wie ich es sage. Ich will Kinder mit dir, Schatz und ich will nicht, dass mein Sohn oder meine Tochter Opa zu mir sagen", fügte er schnell an.

Nachdenklich entschied Martina: "Daniel, das fühlt sich merkwürdig an. Es sollte kein Kind aus dem Grund in die Welt gesetzt werden, damit du dich mit der Situation besser fühlst."

"Es würde mir mehr Sicherheit geben", begründete Daniel, "und wir wollen es doch beide sowieso."

"Nein."

"Was, nein?!"

"Nein, Daniel. So will ich es nicht", erwiderte Martina ruhig und entschieden. Also gab es einen Haken bei der ganzen Sache; so ganz bedingungslos war sein Verhalten eben doch nicht. Aber in den Tagen ihrer Erkrankung war ihr auch klar geworden, dass – so sehr wie sie Daniel auch liebte – sie würde sich in Zukunft mit ihrer Meinung nicht mehr unterbuttern lassen.

Daniel schwieg und nach einiger Zeit meinte er, dass sie in Ruhe ja noch einmal darüber nachdenken könnte und wechselte das Thema.

Am Mittwoch ging sie das erste Mal zur Arbeit und Annika fiel ihr in der Pause um den Hals vor Freude, sie wiederzusehen.

"Schön, dass du wieder da bist", strahlte sie, "und irgendwann machen wir mal wieder unseren Mädelsabend, ja?"

"Aber erst, wenn du von Daniel genug hast, oder?", gab Martina mit einem Zwinkern zurück.

"So schnell wird das wohl nicht sein", gab Annika spontan und fröhlich zu.

Oh, dachte Martina mit einem Anflug von Traurigkeit und einem kleinen Stich im Herzen. Ihre Treffen waren so wunderschöne Verwöhn-Abende gewesen.

Nach der Arbeit stand Daniel vor dem Markt und kam auf sie zu, als sie mit Annika herauskam. Nach einem ersten, innigen Kuss wandte er sich auch Annika zu und nahm sie in den anderen Arm. "Und, dürfen wir dich nach Hause fahren?", fragte er sie, ihr tief in die Augen schauend.

"Nein, lass' mal, ein wenig Laufen tut mir gut", strahlte sie atemlos und sah ihn bedeutungsvoll an. "Wie ich gehört habe, sehen wir beide uns ja schon am Freitag."

Daniel beugte sich zu ihr und gab ihr einen Kuss: "Bis Freitag, Kätzchen."

Er wandte sich wieder Martina zu und sagte vergnügt: "Wollen wir?"

Verblüfft ließ sie sich von ihm zum Wagen führen und sie fuhren nach Hause. Während der Fahrt sah sie ihn immer wieder mal von der Seite aus nachdenklich an. Alles schien sich zurzeit zu verändern. Annika und er... bisher hatte sie die beiden zusammen noch nicht erlebt, wurde ihr bewusst. Andererseits fand sie es gut, dass er nichts verheimlichte.

Ja, es war schön mit Daniel, liebevoll, harmonisch und leidenschaftlich, auch wenn letzteres im Moment noch nicht ganz so möglich war, wie sie es sich mit ihm gerne ersehnt hätte. Aber das würde in zwei, drei Wochen auch wieder gehen. Und im Grunde konnte sie seinen Wunsch nach Sicherheit gut nachvollziehen. Trotzdem änderte sich ihre Meinung nicht. Ein Kind, ja, das wäre schön. Aber nur, damit er mehr Sicherheit hatte - Martina schüttelte den Kopf.

Dann dachte sie in den letzten Tagen viel an Finn, wie sie an jenem Morgen miteinander geschlafen hatten und an die Zeit mit ihm nach dem Überfall. Dabei stellten sich all die aufregenden Gefühle wieder ein und sie träumte vor sich hin. Irgendwann merkte Martina, dass sie eine unendliche Ratlosigkeit ergriff: Wie sollte sie mit all dem weiter umgehen?

Schließlich war der Freitagabend da.

Während Martina beobachtete, wie Annika zuerst zu Finn ging und ihm einen liebevollen Abschiedskuss gab und dann über die Straße zum im Wagen wartenden Daniel lief, lehnte sie sich langsam an die Wand. Vielleicht war es doch ein wenig zu früh gewesen und sie hätte noch eine Woche länger in Gießen bleiben sollen, dachte sie, sich plötzlich erschöpft fühlend. Seufzend beobachtete sie, wie Annika ins Auto einstieg und mit Daniel wegfuhr.

"Hey", hörte sie Finn liebevoll neben ihr sagen, "was ist los?"

Nachdem er sie einen Moment lang prüfend angesehen hatte, meinte er: "Komm, ich setze uns einen Tee auf und dann machen wir uns einfach nur gemütlich. Einverstanden?"

"Einverstanden", murmelte sie, sich dankbar bei ihm einhakend. Die Fahrt über schwiegen sie, während Martina gedankenverloren aus dem Fenster schaute und, in seiner Wohnung angekommen, holte er ihr eine Decke, machte ein paar Kerzen und Musik an und verschwand in der Küche, um den Tee zu kochen.

Martina legte sich hin, kuschelte sich in die Decke ein und schloss die Augen. Als Finn zurückkam, goss er zwei Tassen ein und setzte sich abwartend in den Sessel gegenüber.

"Magst du erzählen, was los ist?", fragte er zurückhaltend.

"Du bist so weit weg", stellte sie sehnsüchtig fest, "kommst du zu mir?"

"Ähm … gerne", meinte er erfreut, "ich war mir nicht sicher, ob dir danach ist."

So legte er sich auf die Couch und Martina machte es sich in seinen Armen gemütlich. Finn … das war sehr feinfühlig von ihm, dachte sie bewegt. Er streichelte sie sanft und sie fühlte, wie sie sich mehr und mehr entspannte. Irgendwann wischte sie sich eine Träne weg.

"Martina, Schatz, was ist los?", fragte er liebevoll. In seinen Armen warm und geborgen liegend gestand sie, dass sie sich im Moment mit allem überfordert fühlte. Still hörte er ihr zu, während sie erzählte, was ihr das Herz schwer machte.

"Und dann kommt Daniel damit, dass er sich unbedingt jetzt ein Kind wünscht… Finn, das wird mir alles zu viel. Ich habe das Gefühl, dass es mir den Boden unter den Füßen wegzieht. Aber vielleicht bin ich auch noch etwas mitgenommen und noch nicht ganz so fit", endete Martina etwas lahm.

So erleichtert kehrte eine entspannte Stille ein und beide sagten eine Zeitlang nichts.

Schließlich meinte Finn: "Meiner Meinung nach ist es beides. Du bist krank gewesen, Süße, mit einer Lungenentzündung ist nicht zu spaßen. Dann hast du die Woche schon angefangen zu arbeiten, das war vielleicht ein wenig früh. Und dazu noch innere Konflikte... da geht auch die Stärkste in die Knie."

"Ist es okay, wenn wir nicht miteinander schlafen?", fragte sie.

"Ganz okay, mein Schatz, es ist einfach schön, dass du bei mir bist."

Mit einem tiefen Seufzer schloss sie die Augen, der wohligen Stimmung nachspürend.

"Magst du noch Tee?", fragte er lächelnd.

"Ich will nur dich", murmelte Martina leise und schlief langsam ein.

Irgendwann in der Nacht wachte sie auf. Die Kerzen waren erloschen, aber die Musik spielte noch leise im Hintergrund. Finn schlief fest und brummelte etwas im Schlaf, was sie nicht verstand. Langsam stand sie auf, machte den Player aus und zog sich um. "Was ist?", fragte er, sich schlaftrunken regend.

"Ich gehe ins Bett - kommst du mit?"

"Gute Idee", brummte er und marschierte hinterher.

Als sie dann nebeneinander lagen, wandte sie sich ihm zu, um neckend an ihm herumzuzupfen.

"Dir geht's schon besser, hmh?", fragte er schmunzelnd, so am Schlafen gehindert.

"Viel besser", lächelte sie. Ihre Hände glitten sehnsüchtig über ihn und sie begann, ihn weich und verlangend zu küssen. Er erwiderte, mittlerweile wach werdend, und allmählich entstand wieder diese besondere Intensität zwischen ihnen.

"Hey, ich habe dich vermisst", flüsterte Martina.

"Das ist schön", erwiderte er wohlig und nach einer unfassbar schönen Vereinigung lagen beide erfüllt zusammen, bis Martina seufzend fragte: "Was sollen wir nur tun?"

"Du machst dir zu viele Gedanken, Liebes", stellte Finn fest. "Wir lieben uns. Das ist ein Geschenk und kein Fluch, oder?"

Martina musste lachen und erwiderte leise: "Wie recht du hast."

Am späten Vormittag wachten sie auf und Finn holte Brötchen für ein ausgiebiges Frühstück. Schließlich dürfe er sie nicht halb verhungert bei Daniel abliefern, kommentierte er fröhlich. Danach machten sie es im Wohnzimmer gemütlich und plauderten unendlich lange.

Später ergab sich dann doch noch eine aufregende, kleine Session, als er ihr beim Thema Vorlieben gestand, dass er sie am liebsten nackt und gefesselt vor sich sehen würde, mit ihm in ihrem Mund. Als der Zeiger der Uhr schließlich anzeigte, dass es Zeit wurde, sich auf den Weg zu machen, schlenderten sie langsam Arm in Arm zum Restaurant, um sich mit Annika und Daniel zu treffen.

"Gestern ging es mir noch so anders", lächelte Martina, sich an ihn lehnend, "es ist so wunderbar mit dir."

Daniel und Annika hatten die beiden schon von weitem durch das Fenster im Restaurant kommen sehen. "Die haben mal wieder nur Augen füreinander", seufzte Annika unruhig.

"Wir haben uns doch auch genossen, meine Schöne", erwiderte Daniel entschieden. Er legte den Arm um sie, zog sie an sich und flüsterte ihr ins Ohr, was er jetzt am liebsten mit ihr tun würde, bis sie kicherte,

"Hallo, ihr zwei", hörten sie Finn sagen, als er an den Tisch kam.

Daniel schaute lächelnd auf, Annika noch im Arm haltend: "Hallo Finn, hallo mein Schatz." Er zwinkerte Finn verschwörerisch zu und warf Martina ein Pusteküsschen durch die Luft zu und dann bestellten sie alle in Ruhe das Essen.

Während sie sich unterhielten, bemerkte Daniel mit einem Stich im Herzen, dass Martina unglaublich erholt, glücklich und strahlend wirkte. Was er in einer ganzen Woche nicht geschafft hatte, dachte er niedergeschlagen, das war Finn in einem Tag gelungen!

Er seinerseits hatte die Zeit mit Annika voll ausgekostet. Die starke, sexuelle Anziehung zwischen ihnen hatte kaum nachgelassen; trotzdem hatte er ganz bewusst begonnen, mit ihr auch außerhalb des Bettes mehr zu unternehmen. Sie hatten Samstagvormittag im Café gefrühstückt, waren dann über die Zeil geschlendert und er hatte ihr ein schönes Dessous ausgesucht, in dem er sie das nächste Mal gerne sehen würde. Später hatten sie einen Spaziergang am Main gemacht und am Nachmittag gab es noch eine kleine Einlage im Bett, bevor sie hierher gegangen waren. Annika war eine schöne, sehr leidenschaftliche und fröhliche Frau, die ihn immer wieder zum Lächeln brachte. Das Zusammensein mit ihr machte ihm Spaß.

Dann dachte er daran, dass Martina mit ihm kein Kind mehr wollte. So lautete ihre Ansage und seitdem hatte sie das Thema nicht mehr angesprochen. Traurig spürte er, dass sein Traum von einer Familie mit ihr in weite Ferne gerückt zu sein schien. Aber wenn sie das alles nicht mehr wollte – dann sprach im Grunde nichts dagegen, das Leben in vollen Zügen weiter zu genießen. Warum also sollten sie vorerst nicht so weitermachen?

"Vorschlag", sagte Daniel gegen Ende des Abends. "Wollen wir das in nächster Zeit erst einmal weiter so handhaben? Es hat uns allen doch ganz gut getan, oder? Ihr zwei habt euch ab Freitagabend bis Samstagabend und wir zwei Hübschen", er warf lächelnd Annika einen verheißungsvollen Blick zu, "ebenso. Machen wir das doch mal eine Zeitlang."

Finn schluckte und schaute ernst zu Annika. "Und du, wie stehst du dazu?"

Annika warf Daniel einen begeisterten Blick zu und griff dann bittend über den Tisch hinweg nach Finns Hand: "Ich finde es toll, aber nur, wenn du mein Schatz bleibst."

"Ich glaube, wir wechseln jetzt mal", schlug Finn zufrieden vor, erhob sich und sah Daniel auffordernd an. Finn setzte sich neben Annika und nahm sie innig in den Arm, was sie glücklich zuließ.

Was ihn wohl erwarten würde?, fragte sich Daniel einen Moment lang bang, als er sich jetzt zu Martina setzte. Sie sahen sich an und Daniel sah ein Leuchten in ihren Augen, das schon eine ganze Weile nicht mehr da gewesen war. Und erneut fühlte er einen starken Stich. Finn hatte ihr so offensichtlich gut getan – er war doch ihr Mann, warum, in aller Welt, war ihm das nicht gelungen?

Martina neigte sich jetzt zu ihm und flüsterte ein "Ich liebe dich" ins Ohr. Und als er sie still ansah, erkannte er die Liebe und die Anziehung in ihren Augen, die von Anfang an zwischen ihnen gewesen war. Und ohne weiter nachzudenken beugte sich Daniel zu ihr und gab ihr einen langen und innigen Kuss. Warum war das in der letzten Zeit eigentlich wie verschwunden gewesen, fragte er sich kurz, alle unruhigen Gedanken erleichtert beiseite schiebend.

Die nächsten Wochen verliefen ohne große Ereignisse. Ab und zu gingen Martina und Annika, so wie früher, nach der Arbeit zusammen ins Café. Annika erzählte schließlich, dass Finn mal wieder einen Männerabend mit Daniel machen wollte und fragte, ob sie sich beide in der Zeit treffen würden.

"Schön", freute sich Martina, "ich habe das schon vermisst."

Und so wanderten sie an einem Abend im April nach der Arbeit zusammen zu einem Lokal, um etwas essen zu gehen. Annika stellte neidlos fest, dass Martina ausgesprochen gut und blühend gut aussah.

"Na", lachte Martina, bei dem Verwöhn-Programm mit zwei Männern ist das kein Wunder! Aber du, du hast dich irgendwie verändert, Annika."

Prüfend musterte sie ihre Freundin: "Neue Klamotten und wirklich sehr geschmackvoll. Das steht dir unglaublich gut!"

Annika lächelte etwas geheimnisvoll und, auf Martinas neugierigen Blick hin, gab sie schließlich zu, dass Daniel an den Samstagen gerne mit ihr shoppen ging.

"Er sucht Sachen für mich aus, die ich mir nie gekauft hätte", erzählte Annika eifrig und fügte kichernd an: "Und seitdem schauen mir noch mehr Kerle hinterher als vorher!"

"Ist Finn denn damit einverstanden?"

"So genau erzähle ich ihm das nicht, Martina. Klar, dass Daniel mir Vorschläge macht, schon, aber nicht, dass er mir auch die Sachen bezahlt", gestand Annika.

Oh, dachte Martina, das hatte Daniel ihr auch nicht erzählt. In die eingetretene Stille hinein fragte Annika: "Bist du sauer deswegen?"

"Nein, eigentlich nicht", gab Martina zu, "es freut mich, dass er dir so hübsche Sachen aussucht. Und das Geld dafür hat er ja. Ich bin nur überrascht, weil er es mir nicht erzählt hat."

"Bitte sag Finn nichts davon", bat Annika.

"Mache ich nicht", bekräftigte Martina, "das ist deine Sache. Sag mal, was macht ihr denn sonst noch so?"

"Abgesehen vom Bett, meinst du", sagte Annika, bedeutungsvoll grinsend.

"Genau", grinste Martina fröhlich zurück.

Und so erzählte sie, dass sie in der Regel viel unternahmen: Samstagvormittag ein ausgiebiges Frühstück im Café, Besuche von Veranstaltungen, Shoppen auf der Zeil und er kochte sogar für sie. Nachdenklich und still geworden aß Martina die Mahlzeit, die gerade gebracht wurde, und bemühte sich, sich nichts anmerken zu lassen. Betroffen erkannte sie, dass die Treffen mit Annika keine reine Bettgeschichte mehr waren. Daniel gestaltete die Zeit mit Annika so, wie er es auch mit ihr gerne tat.

Ihre Freundin hatte immer schon ein feines Gespür für ihre Stimmung gehabt und so fragte sie auch jetzt aufmerksam: "Was ist, Süße?"

Die alte Leidenschaft zwischen ihr und Daniel war wieder da und sie war sehr glücklich mit ihm, sinnierte Martina gedankenverloren. Aber irgendetwas hatte sich verändert. Über das Thema Kind und Familie hatten sie seit damals nicht mehr gesprochen. Aber das, was sie heute erfahren hatte - wollte er jetzt etwas mit Annika aufbauen?

"Naja", brachte sie mühsam heraus, "da habt ihr ja im Grunde schon eine richtige Beziehung miteinander."

"Hey", stellte Annika ernst klar, "Daniel ist dein Mann. Ich finde die Treffen mit ihm unglaublich toll, aber ich liebe Finn, Martina."

Aber vielleicht will er irgendwann mehr von dir? Wirst du mir dann noch dasselbe sagen?, fragte sich Martina mit einem Anflug von Traurigkeit und Resignation.

Sie bezahlten und wanderten zu ihrer Wohnung.

"Hier war der Überfall", erzählte sie, als sie an dem Toreingang vorbeikamen.

"Hast du nochmal etwas davon gehört?"

"Ja, ich habe eine Ladung als Zeugin vors Gericht Ende April erhalten."

"Ich komme mit", meinte Annika, "denn es kann dir passieren, dass ihr beide zusammen vor dem Saal sitzt und darauf wartet, hereingerufen zu werden."

Entsetzt sah Martina sie an.

"Wirklich", bekräftigte Annika, "ist alles schon passiert."

Sie sprachen noch eine Weile darüber und dann waren sie auch schon da.

"Machen wir es uns auf der Couch gemütlich oder gehen wir gleich ins Bett?", fragte Annika ohne Umschweife.

"Lass uns erst einmal auf der Couch kuscheln", erwiderte Martina zurückhaltend. "Es ist so lange her, dass ich dich im Arm hatte."

Aber anders als gedacht, flackerte bald schon ein Verlangen auf und so landeten sie im Bett, sich mit allen Sinnen verwöhnend.

"Das ist eben doch was anderes als mit unseren Kerlen", seufzte Annika hinterher. "Du bist so süß, Schatz, einfach zum Dahinschmelzen."

"Das geht mir genauso", meinte Martina, noch auf Wolke 7.

"Weißt du noch, unsere Session zu dritt? Das war doch toll - wollen wir das nicht mal wieder so machen?"

"Warum nicht gleich eine Vierer-Session?", flachste Martina übermütig, "das wäre ja mal was Neues!"

Nach einer Weile meinte Annika: "Ja, warum eigentlich nicht?!"

"Das ist nicht dein Ernst!" Martina richtete sich jetzt auf. "Wie soll das denn gehen?!"

"Wir können uns ja mal vorher ein paar Gedanken machen, wie wir es wollen. Die Männer machen dann schon mit."

"Ich weiß nicht so recht ... mir reicht es eigentlich so, wie es jetzt ist, Annie." Weitere Konflikte konnte sie nun nicht gerade gebrauchen, dachte Martina.

"Hast du dich schon mal von zwei Männern gleichzeitig verwöhnen lassen? Also, ich würde es gerne mal ausprobieren", gestand Annika.

"Ich bin mir nicht so sicher, ob das gut geht, vor allem in Hinblick auf das Thema Eifersucht", wandte Martina weiterhin zögernd ein.

"Ach was", meinte Annika, "die genießen uns beide doch schon eine ganze Weile."

"Täusch dich da mal nicht", gab Martina zu bedenken. "Bis jetzt haben wir eine klare Trennung. Ich weiß von Finn, dass er sehr wohl darauf schaut, was zwischen euch beiden läuft. So ganz gelassen, wie er nach außen tut, ist er nicht."

Annika sah sie erstaunt an: "Im Ernst? Ich dachte, er ist total verliebt in dich."

"Mag sein, aber er liebt dich auch. So ganz kalt lassen ihn deine Sessions mit Daniel nicht", warf Martina nochmals ein.

"Ach was. So ein bisschen Eifersucht schadet nicht, im Gegenteil", lächelte Annika schließlich tiefgründig. "Hey, mal ehrlich, es wäre schon toll, mal mit beiden gleichzeitig ...?" Ihre Freundin sah sie so nachdrücklich an, bis Martina schließlich lachend zugab, alle Bedenken über Bord werfend, dass allein die Vorstellung schon gewaltig Appetit machen konnte.

In der Nacht lag Martina noch einige Zeit wach, während Annika schon friedlich am Schlafen war. Ja, es war vordergründig schön und harmonisch mit Daniel, aber ihr Gefühl sagte ihr, dass in ihrer Beziehung etwas nicht stimmte, was sie nicht ausmachen konnte. Schließlich wanderten ihre Gedanken weiter zu den Wochenenden mit Finn. Sie genoss das Zusammensein mit ihm unbeschreiblich. Letzte Woche hatte er sie etwas später im Café abgeholt und sie hatte ihm angesehen, als er auf sie zukam, wie sehr er sich auf sie freute. Der Begrüßungskuss war leidenschaftlich und sofort war ein so starkes Verlangen aufgelodert, sodass sie nicht mehr lange geblieben waren. Diese wunderschöne Liebe zwischen ihnen, seine besondere Feinfühligkeit und seine Kreativität, ihnen beiden einen besonderen und ausgefallenen Genuss zu verschaffen, führte zu einer immer tiefer erlebten Hingabe unter seinen Händen. Der Sex und die Sessions mit ihm waren einfach nur unbeschreiblich traumhaft. Wie es wohl gewesen wäre, wenn sie ihn vor Daniel kennengelernt hätte?

Kapitel 11 Eine unkonventionelle Entscheidung

Währenddessen saßen die Männer in einer Kneipe beim Bier zusammen. Nach ein wenig Plauderei über Finns tägliches Einerlei und dass der Prozess gegen Martin jetzt anstand, sagte Finn: "Und du berätst also Annika in Kleidungsfragen? Sie hat mir erzählt, dass du ihr Vorschläge machst. Ich bin leider nicht so der Typ, der gerne shoppen geht."

"Ja", erwidere Daniel, "ich hoffe, du bist nicht sauer deswegen. Ich habe viel Spaß mit ihr und es gefällt mir, wenn ich ihr ein bisschen unter die Arme greifen kann. Annika ist eine unglaublich attraktive Frau, die das auch ruhig mehr zeigen darf. Ich mache es wirklich gerne, Finn. Im Job läuft alles top und der Boni im letzten Jahr konnte sich sehen lassen."

Finn schaute ihn plötzlich verdutzt an: "Wie jetzt, du bezahlst die Sachen auch?"

"Hat sie dir das nicht erzählt? Ja, das mache ich. Sei ihr nicht böse, vermutlich hat sie gedacht, du bist dagegen, was ich normalerweise auch verstehen könnte. Aber da wir uns doch jetzt so nah stehen...!" Daniel grinste ihn kurz an und fügte ernster an: "Wirklich, mach dir keine Gedanken. Wie schon gesagt, es macht mir Spaß ... und du hast ja selbst gesagt, du gehst nicht so gerne shoppen. Gefällt sie dir denn nicht?"

Finn kratzte sich und erwiderte langsam: "Doch, doch, du sucht wirklich schöne Sachen für sie aus. Aber – unter uns und mal offen gesagt – das ist jetzt nicht als eine Art Bezahlung zu sehen, du weißt schon, wie ich das meine?"

"Nein!", erwiderte Daniel entschieden.

Beide sahen sich wortlos an und plötzlich lag eine Spannung in der Luft.

"Willst du sie mir abwerben, Daniel? Was zwischen euch so läuft, geht doch längst über eine rein sexuelle Beziehung hinaus." Finn musterte ihn jetzt ernst.

"Ich genieße die Zeit mit ihr eben so, wie es mir und ihr Spaß macht."

"Das ist keine Antwort auf meine Frage!" Finns Tonfall wurde schärfer und die Spannung wuchs.

Mit einem Mal hatte Daniel das Gefühl, an einem Abgrund zu stehen, auf den er sich selbst eingelassen hatte. Im Grunde hatte sich etwas eingeschlichen, was er zwar so nicht von Anfang an vorgehabt hatte, aber er musste anerkennen, dass Finn nicht ganz daneben lag.

"Okay", gab er schließlich zu, "manchmal reizt es mich schon, wenn ich sehe, wie glücklich Martina von den Treffen mit dir kommt. Wäre es nicht konsequenter, mal richtig und komplett zu tauschen?"

Also darum ging es ... Daniel kam nicht mehr damit klar, was zwischen ihm und Martina lief. "Dir geht's mit der ganzen Situation nicht mehr gut, was?", fragte Finn langsam.

"Ja und Nein", druckste Daniel. "Es ist wirklich schön mit Annika und ich muss zugeben, ich will die Treffen mit ihr nicht mehr missen. Auf der anderen Seite ... verdammt, ich hatte mir das mit Martina anders vorgestellt!", brach es aus ihm heraus. "Sie ist meine Frau fürs Leben, Finn, aber alle meine Träume zerrinnen mir gerade unter den Händen. Sie will auf einmal keine Familie mehr mit mir und ganz offensichtlich gibst du ihr vieles, was ich ihr wohl nicht bieten kann", fügte er bitter hinzu.

Eine ganze Weile herrschte Stille, während beide Männer ihren Gedanken nachhingen.

"Warum hast du eigentlich den Vorschlag überhaupt erst gemacht, dass wir einen ganzen Tag in der Woche miteinander verbringen?", fragte Finn schließlich.

"Ich habe doch Augen im Kopf", erwiderte Daniel gereizt, "Martina kam damals so strahlend im Restaurant an. Naja, ich habe wohl angenommen, dass sich die Anziehung gibt, wenn Martina sie erst einmal richtig auslebt. Aber stattdessen ... so kann man sich täuschen."

Finn erkannte beklommen, dass ein Punkt erreicht war, den man nicht mehr länger ignorieren konnte. Ihm ging es nicht so wie Daniel, obwohl er auch immer wieder seine Eifersuchtsanflüge hatte, wenn Annika so fröhlich und ausgeglichen zu Hause ankam. Aber sie ließ ihn genauso deutlich spüren, dass er ihr wichtig war und sie ihn ebenso wenig verlieren wollte wie er sie.

Martina ... wenn er an sie dachte, schien alles in ihm zu lächeln. Ja, er liebte sie, anders als Annika zwar, aber es war eine wunderbare Liebe, die zwischen ihnen floss. Der Sex war überwältigend lustvoll und hatte eine Tiefe, die ihn unwiderstehlich anzog. Das Zusammensein mit ihr würde ihm unglaublich fehlen, aber wenn er die Wahl zwischen Martina und Annika hätte ...

Plötzlich fragte er sich, wie es wohl gewesen wäre, wenn er Martina zuerst kennengelernt hätte. Aber vermutlich hätten sie dann die umgekehrte Situation und sein inneres Schmunzeln kehrte wieder zurück.

Und so entschied Finn: "Daniel, ich liebe sie einfach beide, jede auf ihre Art, und ich werde die Treffen mit Martina sehr vermissen. Aber ich schlage vor, dass wir eine Pause mit unseren Treffen machen, bis ihr beide eure Beziehung geklärt habt. So geht's jedenfalls nicht mehr weiter."

"Meinst du, das bringt noch was?", murmelte Daniel resigniert. "Im Grunde ist das Kind doch schon in den Brunnen gefallen. Sie will keine Familie mehr mit mir."

"Was willst du damit erreichen, wenn du jetzt den Kopf in den Sand steckst?"

Daniel starrte vor sich hin und Finn spürte deutlich, dass er feststeckte. Vor sich hin sinnend sagte er nach einer Weile: "Vielleicht stellt es sich nicht ganz so dar, wie du befürchtest.

Vor einigen Wochen, als ich Martina am ersten Freitagabend abgeholt hatte, war sie überhaupt nicht gut drauf gewesen. Den Abend haben wir mehr oder weniger ruhig verbracht, bis sie irgendwann anfing zu erzählen, dass sie sich mit allem überfordert fühlte. Dabei sprach sie auch davon, dass sie sich von dir unter Druck gesetzt sah, was den Familienwunsch anging. Ich meine, sie hatte eine Lungenentzündung hinter sich und hatte schon angefangen zu arbeiten, ... ich habe das natürlich erst einmal darauf bezogen, Daniel."

Der sah hoch und meinte: "Klar, wir haben darüber gesprochen, aber ich habe sie doch nicht unter Druck gesetzt. Ich habe nur gesagt, sie soll noch mal darüber nachdenken."

"Hat Martina wirklich total abgelehnt?"

"Naja ... nein, anfangs eigentlich nicht", erinnerte sich Daniel, "aber sie warf mir vor, dass ich den Wunsch auf den Tisch bringe, um klare Verhältnisse zu schaffen."

"Und, hast du?"

"Naja, vielleicht ein bisschen. Es hätte mir Sicherheit gegeben, dass sie wirklich mit mir zusammen bleiben will. Aber zum großen Teil wollte ich es sowieso und jünger werde ich auch nicht. Letztes Jahr im Mai waren wir uns noch einig darüber und auch, dass wir nicht mehr zu lange damit warten wollten. Und jetzt? Sie hat abgelehnt und verkündet, dass sie kein Kind in die Welt setzen wird, nur damit mein Sicherheitsbedürfnis befriedigt wird! Was für ein Schwachsinn! Hätte ich lieber nichts gesagt – wie kann sie nur alle gemeinsamen Träume und Wünsche in den Wind schreiben?!"

Daniel bestellte frustriert noch zwei Biere.

"Das klingt nach einem schönen Schlamassel", gab Finn nach einer Weile zu. "Trotzdem rate ich dir, sprich nochmal mit ihr. Versuch das klar zu kriegen, was ihr beide wirklich wollt. Und ich denke, es ist besser, wir machen bis dahin erst einmal Pause."

"Du hast wohl recht. Ich spreche das Ganze nochmal an. Zumindest weiß ich dann, woran ich mit ihr bin", erwiderte Daniel irgendwann.

Am Ende verabschiedeten sie sich und Daniel meinte anerkennend: "Danke, Mann, für alles. Wir hören voneinander."

Danach wanderte er noch eine Stunde in der Gegend herum, um den Kopf klar zu kriegen. Vorerst keine Treffen mehr mit Annika, dafür stand eine Klärung mit Martina an, bis klar war, wohin der Hase lief.

Am darauffolgenden Abend bereitete Annika ein schönes Essen vor und wartete auf ihren Schatz, vor sich hin summend.

Und als Finn schließlich von der Arbeit nach Hause, blickte er erfreut auf den liebevoll gedeckten Tisch und seine Frau trällerte fröhlich aus der Küche: "Setz dich schon mal, mein bester Schatz, Essen kommt gleich!"

Nachdem er sich geduscht und umgezogen hatte, kam sie schon mit zwei leckeren Steaks aus der Küche.

"Oh, wie lecker", meinte er erfreut, "das kannst du gerne öfter so machen."

Sie gab ihm einen verheißungsvollen Kuss und setzte sich. Nachdem sie gegessen hatten, machten sie es sich auf der Couch mit Kerzen und leiser Musik gemütlich.

Und nach einer Weile begann Annika vorsichtig. "Also, unser Mädelsabend war mal wieder toll."

"Unser Männerabend auch, Mäuschen", meinte er, zufrieden brummend.

"Also ... wir haben mal etwas Aufregendes angedacht", Annika blickte abwartend auf Finn. Und er reagierte auch erwartungsgemäß sofort: "Na, raus mit der Sprache, Süße, was ist es denn dieses Mal?"

"Wir fänden es toll, wenn ihr uns mal beide gleichzeitig verwöhnt."

In der darauf eintretenden Stille dachte Finn, dass dieser Vorschlag wohl zur absolut ungeeignetsten Zeit kam. Kopfschüttelnd erwiderte er schließlich: "Das ist keine gute Idee, mein Schatz. Und überhaupt muss ich dir auch was sagen: Vorerst sind die Treffen mit Daniel und die von mir mit Martina auf Eis gelegt."

"Wie bitte?!", Annika schaute ihn jetzt völlig fassungslos an. "Was fällt euch denn ein und überhaupt: Wie konntet ihr das ohne uns beschließen?!"

Finn sah sie, angesichts dieser heftigen Reaktion, verdutzt an.

"Naja", meinte er, sich verteidigend, "zwischen Daniel und Martina kriselt es und das müssen sie erst einmal alleine lösen."

"Was erzählst du da? Davon hat mir Martina aber nichts gesagt. Was hat euch da nur geritten? Damit bin ich nicht einverstanden und ich nehme an, Martina auch nicht."

Mittlerweile hatte sie sich aufgesetzt und funkelte ihn erbost an.

"Also, hör mal ..."

Aber Annika unterbrach ihn: "Ich bin damit nicht einverstanden, Finn. Ihr könnt doch nicht einfach über unsere Köpfe hinweg bestimmen, was ihr meint, was für uns gerade am besten ist!"

Weitere Erklärungen seinerseits brachten aber keine Veränderung: Annika zog sich angesäuert zurück und verlangte, dass er mit Daniel reden sollte. Zumindest mussten sie sich zu viert treffen und, falls sie dann gemeinsam die Entscheidung trafen, und nur dann, würde sie es akzeptieren! Sie erhob sich und ließ ihn einfach alleine dort sitzen, um einen Rundgang ums Haus zu machen und sich abzuregen.

Verblüfft erkannte Finn, dass seine Annika ein bisher nicht gekanntes Selbstbewusstsein zeigte. So hatte er sie jedenfalls noch nicht erlebt.

Also schrieb er Daniel am nächsten Tag eine SMS: "Meine Frau probt den Aufstand ... sie verlangt, dass wir uns zu viert zusammensetzen. Was hältst du davon? Gruß, Finn."

Daniel grinste, als er die Nachricht las und schrieb zurück: "Lassen wir Männer uns etwa von dem Zwergenaufstand das Heft aus der Hand nehmen? Lass uns treffen. Gruß, Daniel."

Finn: "Prima. Heute Abend?"

Daniel: "Perfekt!"

Anstatt die Frauen abzuholen, schickten beide eine Nachricht, dass sie heute etwas anderes vorhatten. Und so saßen sie erneut zusammen.

"Und, wie war es bei dir?", fragte Finn neugierig.

"Sehr gut", erwiderte Daniel entspannt. "Gestern habe ich sie darauf angesprochen und es wurde eine lange Nacht. Du hast recht gehabt. Eigentlich freut sie sich, war aber davon ausgegangen, dass ich es nur will, um sie von dir und Annika abzubringen. Ich würde sie sozusagen mit einem Kind beschäftigen wollen, meinte sie. Naja, das haben wir jetzt geklärt. Aber als ich ihr im Anschluss erzählt habe, dass wir Männer erst einmal eine Pause vereinbart haben, war sie auch ziemlich sauer."

Daniel grinste ihn vielsagend an: "Die Frauen wachsen uns langsam über den Kopf, wenn wir nicht aufpassen."

Finn grinste zurück: "Schwere Zeiten, Mann!" Dann erzählte er, was ihm Annika von ihrem Wunsch nach einer Session zu viert berichtet hatte.

"Natürlich habe ich ihr gesagt, dass das gerade keine gute Idee ist. Aber als ich ihr danach von unserer Vereinbarung berichtet habe, war mit ihr überhaupt nicht mehr zu reden."

Daniel schmunzelte. Annika wollte also die Treffen mit ihm nicht aufgeben; irgendwie freute ihn das. Aber Martina vermutlich auch nicht die Treffen mit Finn und vorschreiben lassen wollten sich die beiden Frauen nichts. Also was sollten sie tun?

"Mal ein völlig verrückter Gedanke, Daniel", unterbrach Finn seine Gedanken. "Wir zwei wissen doch jetzt, wie wir zu beiden Frauen stehen und was wir wollen. Warum sagen wir nicht einfach, dass beide unsere Frauen sind? Das Wichtigste ist doch, dass wir Männer uns einig sind. Ich lebe mit Annika zusammen und du mit Martina. Ihr werdet Kinder haben und wir früher oder später sicher auch. Trotzdem könntest du Annika genauso auch als deine Frau betrachten und mir, ganz ehrlich, Mann, mir geht es jetzt schon so mit Martina", sagte Finn.

In der darauffolgenden Pause schauten sie sich beide regungslos an.

"Wir können sie nicht beide heiraten", wandte Daniel schließlich, nicht uninteressiert, amüsiert ein.

"Das ist korrekt, hier nicht. Aber denk mal an andere Kulturen, Mormonen zum Beispiel. Also bei denen ist es doch so, da hat ein Mann mehrere Frauen. Was ich damit sagen will: Möglich ist es schon, aber in Deutschland faktisch nicht umsetzbar. Trotzdem können wir es leben."

"Und ein Kind...?"

"... hat ganz klar seine Familie und eine Patenfamilie, Daniel. Das hat auch Vorteile", gab Finn zu bedenken, "wenn ihr zum Beispiel hin und wieder mal alleine sein wollt oder wir..."

Nach einer Weile gab Daniel zu: "Verrückt, aber wirklich gut. Und hier noch ein weiterer Vorschlag von mir on top: Wir heiraten sie beide auf unsere Art, inoffiziell meine ich. Jede bekommt ihre Hochzeitsnacht mit uns beiden, Finn. Aber einzeln und mit verbundenen Augen, sodass sie nicht genau wissen werden, wer gerade bei ihnen ist. Was hältst du davon?"

"Wow", erwiderte Finn nur.

Sie sahen sich beide an in dem Gefühl, überraschend eine sehr verlockende Lösung gefunden zu haben. Dazu hatten sie beide ihre Reviere und Grenzen ausgelotet und konnten sich auf ein gegebenes Wort verlassen. Martina und Annika würden so ihre Wünsche erfüllt bekommen und sie hatten das letzte Wort.

Ihre Männerfreundschaft hatte seine Feuerprobe bestanden, stellten sie anschließend gutgelaunt fest. Zufrieden tranken beide darauf noch ein paar Biere. So saßen sie noch lange zusammen, bis es endgültig Zeit wurde, sich eine Runde Schlaf zu gönnen.

In den nächsten Tagen wurde der Vorschlag zu zweit und am Samstagabend auch zu viert diskutiert.

"Also, was wollt ihr noch mehr?", schmunzelte Finn.

"Und wie soll das aussehen ... die Hochzeit, besser gesagt, die Hochzeitsnacht?", fragte Martina neugierig.

"Zuerst die eine in einer Nacht und eine Woche später dann die andere. Eine Woche Abstand, naja ...", Daniel grinste bedeutungsvoll, "schließlich wollt ihr ja auch etwas geboten bekommen, oder? Ihr könnt das selbst entscheiden oder wir würfeln, mein Schatz", erklärte Daniel entschieden. "Deine Hochzeitsnacht wird bei mir stattfinden und Annikas bei Finn. Aber nur als Dreier-Session und mit verbundenen Augen."

Annika und Martina sahen sich an: "Da haben wir wohl keine andere Wahl, was?"

"Wir sind einverstanden", sagte Annika, während sie den Arm um Martina legte und es sich mit ihr auf der Couch gemütlich machte. "Es gefällt mir", lächelte sie und sah erst Finn und dann Daniel vielsagend an.

"Noch etwas solltet ihr beide allerdings wissen, bevor ihr euch darauf einlasst. Einen weiteren Beziehungszuwachs wird es mit uns nicht mehr geben. Wir vier und damit ist absolut Schluss", stellte Daniel, mit einem zustimmenden Nicken von Finn, klar.

"Abgesehen natürlich von einem Kind oder mehreren", lächelte Martina Daniel liebevoll an. Der erwiderte ihr

Lächeln innig: "Das, mein Liebes, ist die einzige Ausnahme!"

Daniel und Finn trafen sich in der nächsten Zeit noch einige Male, um alles vorbereiten.

Nach vielen Ideen einigten sie sich darauf, dass Daniel – Annika wollte den Anfang machen – sie an der Tür empfing und ins Wohnzimmer begleitete, wo die "Trauung" mit Finn stattfinden sollte. Anschließend würde Finn Daniel und Annika "trauen". Was wollten sie sagen und wer besorgte den Brautstrauß? Ringe oder ein anderes Schmuckstück? Frauen standen ja auf den Kram. Schließlich wurden sie sich einig und nach einem Glas Sekt und einem kleinen, leichten Essen, das Daniel in einem Feinkostladen besorgen würde, sollte die Hochzeitsnacht beginnen.

Dann wurde es schon kniffeliger. Wie sollte Annika beglückt werden? Ihr ausdrücklicher Wunsch war der, dass sie sie beide gleichzeitig haben wollte, wobei damit der Schoß und der Po gemeint waren.

"Also, das könnte etwas anstrengend werden. Nach der reinen Freude sieht das für uns nicht aus", kommentierte Daniel, nachdem sie sich zusammen flachsend ein paar einschlägige Filme im Internet dazu angesehen hatten. "Und außerdem kommen wir beide uns ziemlich nahe."

Finn murmelte: "So sieht das ... no secrets."

"Aber schwule Einlagen werden wir deswegen nicht veranstalten. Darauf steh' ich gar nicht", machte Daniel deutlich klar.

"Nope, seh' ich genauso", bekräftigte Finn.

"Gut, dann sind wir uns einig. Übrigens, was hältst du davon", meinte er anschließend, auf einen Video auf seinem Laptop deutend, den er gefunden hatte. "Dafür müssten wir allerdings noch etwas besorgen. Gemacht habe ich das allerdings noch nie."

"Hey, Mann, das sieht lecker aus - und den ganzen Rest lassen wir aus dem Moment heraus entstehen."

Martina und Annika gingen in den zwei Wochen voller Vorfreude gemeinsam shoppen, da sie, laut Anweisung der Männer – an dem Abend erst um 18.00 in der jeweiligen Wohnung auftauchten durften. Es wurde eine dem Anlass entsprechende Kleidung gewünscht, so lautete die Ansage. Dann hatten sie noch einige, gemeinsame Abende zu zweit, da Finn und Daniel bei der Vorbereitung alleine sein wollten.

Aber schließlich war es soweit und Martina setzte eine aufgeregte Annika vor Finns Wohnung ab. Sie sah umwerfend schön aus in dem weißen, figurbetonten Kleid, dazu High Heels und darunter natürlich ein aufregendes Dessous.

Sie selbst fuhr dann wieder in ihre Wohnung und machte sich einen ruhigen Samstagabend. Natürlich kreisten ihre Gedanken um die drei. Was für eine starke Idee! Wer wohl als Erster von den beiden darauf gekommen war? Aber Daniel schwieg sich über seine Männerabende mit lustigen Sprüchen aus.

Sie setzte sich mit einem Wein auf die Couch in ihrer Wohnung. Alles hatte sich so entspannt und gleichzeitig sah die Zukunft auf einmal glücklich und verheißungsvoll aus. Keine Eifersuchtsszenen, kein Druck mehr, sie konnte sich weiter mit Finn treffen und den Familienwunsch gingen sie jetzt auch an ... die Pille jedenfalls hatte sie schon abgesetzt.

Wer hätte das gedacht, als sie Daniel im letzten Jahr kennengelernt hatte? Was alles in dem einen Jahr geschehen war...

Resümee ziehend, dachte sie, dass die Liebe wirklich geheimnisvolle Wege ging. Offen zu sein und sich auf jemanden außerhalb der eigenen Beziehung einzulassen war aufregend und schön, hatte aber Auseinandersetzungen zur Folge gehabt, die zeitweise sehr anstrengend gewesen waren.

Dass das immer so gut ging, wie jetzt in ihrem Fall, bezweifelte sie allerdings. Eifersucht, das Gefühl, außen vor zu stehen, die Angst, den anderen zu verlieren – all das hatten sie gemeinsam bewältigt, aber ob das immer so gelang?

Als sie am Montag zur Arbeit erschien und neugierig einen Blick zu Annika warf, dachte sie, dass sie nur so zu strahlen schien. Aber, genauso wie Daniel, der am Sonntag erst spät zum Frühstück aufgetaucht war, erhielt sie von ihr nur die Antwort: "Süße, lass dich einfach überraschen!"

"Nächste Woche reden wir gerne darüber", meinte sie schließlich, als Martina immer noch neugierig und still vor ihr stand, "ich will dir einfach nichts von der Erfahrung nehmen." Und so fieberte Martina dem Samstagabend aufgeregt und erwartungsvoll entgegen.

Schließlich war es soweit und Anika fuhr sie gegen 18.00 Uhr zu Daniels Wohnung. Sie hatte sich ebenfalls für ein weißes Kleid mit viel Spitze entschieden und war heute Morgen noch beim Friseur gewesen. Annika gab ihr noch einen Abschiedskuss und sagte bedeutungsvoll: "Viel Freude beim Genuss, Süße."

Finn öffnete ihr und rief begeistert aus: "Wow, du siehst umwerfend aus!"

"Das kann ich auch von dir sagen - so kenne ich dich noch gar nicht!", staunte Martina. Finn im Anzug... das war neu!

Aus der Wohnung ertönte eine Hochzeitsmelodie und berührt nahm sie den kleinen Brautstrauß, den er ihr reichte. Er bot ihr liebevoll seinen Arm an und gemeinsam gingen sie ins Wohnzimmer zur Kücheninsel, wo ein strahlender Daniel, ebenfalls im Anzug, auf sie wartete.

Finn reichte Martina an ihn weiter, setzte eine gespielt würdige Miene auf und nahm gewichtig ein Blatt, was auf dem Tisch bereit lag. Natürlich kicherte Martina unwillkürlich, da Finn irgendwie drollig wirkte und schließlich, nach einem gekonnt strafenden Blick, richtete er sich auf und sagte, beide bedeutungsvoll und zwinkernd ansehend: "Daniel und Martina, wenn ihr bereit seid, euch zu lieben, zusammen zu leben, euch zu streiten und gemeinsam zu lachen in guten wie auch in schlechten Zeiten, so antwortet mit einem Ja."

Die beiden sahen sich an und antworteten gleichzeitig: "Ja."

Danach fuhr er fort: "Damit erkläre ich euch hiermit zu Mann und Frau. Ihr dürft euch jetzt küssen!"

Martina versank hingerissen in einem feurigen Kuss mit Daniel.

Danach wechselten beide Männer den Platz und Daniel nahm das Blatt, um dieselben Worte vorzulesen. Und nach dem Ja-Wort fand sie sich in Finns Armen wieder, der sie hingebungsvoll küsste. Nach Luft schnappend löste sie sich schließlich lachend und sah beide Männer bewegt an.

"Das ist total schön", strahlte sie und Daniel übergab ihr noch eine kleine Schachtel: "Von uns beiden, mein Schatz."

Martina öffnete sie und schaute auf einen Memory-Ring, den sie sich sofort ansteckte. Dabei las sie die Widmung: "Für Martina in Liebe, Daniel & Finn". Martina fiel beiden gerührt um den Hals und fand kaum noch Worte für alles. Schließlich reichte Daniel zufrieden den Sekt und zusammen setzten sie sich an den Tresen, auf dem ein Sortiment leckerer, kleiner Häppchen bereitstand.

"Und, wie fühlst du dich so als frischgebackene Ehefrau?", fragte Finn schließlich lächelnd.

"Toll!", erwiderte Martina. "Ich freue mich unglaublich darüber. Das habt ihr so süß gemacht!"

Daniel grinste und meinte: "Das geht natürlich nicht so weiter, Liebling. Wir stellen uns schon vor, dass wir in Zukunft entsprechend verwöhnt werden, keine Widerworte mehr zu erwarten sind und du alles toll findest, was wir so von uns geben."

Und Finn fügte zwinkernd an: "Als deine Herren und Meister ..."

Martina schaute verblüfft von einem zum anderen und kommentierte dann trocken: "Irren war ja bekanntlich immer schon männlich, oder?"

Beide lachten und Martina fragte, was denn Annika dazu gesagt hatte. Eine Weile gingen noch ein paar Sprüche hin und her, bis alle Worte verebbten und eine leise Spannung im Raum entstand.

Finn sah Daniel an und der erhob sich, um Martina auf die Arme zu nehmen und ins Schlafzimmer zu tragen.

Als er mit ihr dort eintrat, hielt sie die Luft an: Ein großer Strauß roter Rosen war aufgestellt, Rosenblätter lagen überall und Teelichter brachten das Zimmer, das mit den Rollläden abgedunkelt war, sanft zum schimmern.

"Wie wunderschön", hauchte Martina, während er sie sanft auf das Bett setzte. Sie hatte sich bestimmt vieles vorher ausgemalt, aber so schön hatte sie es sich nicht vorstellen können. Daniel und Finn setzten sich neben sie, einer rechts und der andere links von ihr. Martina spürte, wie ihr Herz klopfte und Daniel zog sie langsam mit sich auf die Decke, um sie innig und liebevoll zu küssen.

"Meine wunderschöne Frau", flüsterte er und begann sanft, ihr das Kleid auszuziehen. Sie spürte, dass Finn von hinten half und so lag sie schließlich in ihrem Dessous zwischen ihnen.

"Wow ... du siehst so heiß aus", stöhnte Daniel, während Finn den Anblick still genoss.

Schließlich begannen beide, sich ebenfalls auszuziehen und nahmen sie in die Mitte.

"Ich liebe dich", sagte Daniel, während seine Hände über ihren Körper wanderten, bis sich sie sich ihm aufstöhnend zuwandte. Finn flüsterte ihr kurz darauf ebenfalls ins Ohr: "Ich liebe dich, meine zauberhafte Frau." Dabei verteilte er heiße Küsse auf den Hals und wanderte anschließend langsam tiefer.

"Ihr macht mich verrückt", murmelte Martina aufgebracht, "das ist der reine Wahnsinn."

Aber die beiden unterbrachen plötzlich und Daniel holte ein Seidentuch für die Augen, das er ihr jetzt umband. Noch ein letzter Kuss und dann konnte sie nichts mehr sehen. Ohne gefesselt zu sein war sie diesen beiden, geliebten Männern erregend ausgeliefert und aufgeregt wartete sie auf die Fortsetzung.

Finger strichen über ihren Körper, erkundeten jeden Winkel und sie wusste nicht mehr – waren es Daniels oder Finns? Jemand begann ihr den BH auszuziehen und ihre Brüste mit der Zunge zu umspielen, während warme Hände, sie meinte Finn darin zu erkennen, fest und entschlossen nach unten wanderten und ihre Perle sanft massierten. Sie bog sich unter den Liebkosungen und stöhnte: "Ich liebe euch."

Die Hände zogen sich zurück und ein Mund vergrub sich fordernd in sie, um sie weiter zu erregen, während jemand ihren Kopf zu sich drehte und ihr sein Glied anbot, das sie ergriff, um es mit der Zunge und ihren Händen verlangend zu bearbeiten. Es schmeckte nach Finn, dachte sie kurz, bevor sie sich keuchend der Erregung ergab, die ihr, war es Daniel?, so unerbittlich bescherte. Und schon drang jemand in ihren Schoß, so wonnevoll und schnell feurig werdend, dass Martina unwillkürlich aufschrie. Was für eine himmlische Lust ... ein Mund schmeckte von ihren Lippen und begann, sie leidenschaftlich zu küssen, während Hände ihre Brüste fest massierten und ihre steif aufgerichteten Warzen gefühlvoll bis an die Schmerzgrenze bearbeiteten.

Wer auch immer zog sich aus ihr zurück und sanft wurde sie auf alle viere umgedreht, sodass sie sich auf der Couch abstützte, während Finger sie weiter erregten und ihren Po begehrend erkundeten. Gleichzeitig glitt ein Glied fordernd in ihren Mund, sich erregt in ihm bewegend und, während Hände kreisend ihre Lustknospe stimulierten, fühlte sie, wie ihr Po sanft, aber unerbittlich erobert wurde. Plötzlich fuhren weiche Striemen auf ihren Rücken nieder, die sich in der Intensität zu steigern begannen und eine Hand wanderte zu ihren Brüsten, um sie fest zu kneten ... Aber diese überwältigende, immer drängender nach Erlösung fordernde, Lust zog sich unerträglich in die Länge. Und wieder gab es eine Unterbrechung und sie fühlte, wie sie hochgehoben und festgehalten wurde. Breite Gurte schlangen sich um ihre Oberschenkel und ihre Hände wurden mit Handschellen oben befestigt, sodass sie jetzt, in den Schlaufen sitzend, nun in der Luft hing!

Hände streichelten sie erregt, Münder verteilten Küsse, leckten, knabberten und saugten an ihr, sie immer wieder stimulierend. Und dann drang ein Mann von vorne genussvoll ein und einer von hinten! Es dauerte einen Moment, bis jeder seinen Rhythmus gefunden hatte ... und ... es war einfach nur noch überwältigend, dachte Martina. Stöhnend und ächzend gab sie dieser aufregenden, unbeschreiblichen Lust Ausdruck, bis eine erste elektrisierende Erregungswelle über sie hinweg schwappte und sie in eine bodenlose Hingabe hinein katapultierte. Hände machten sich an ihr zu schaffen und brachten sie an die Schwelle zum Orgasmus. Und als diese berauschende Welle ganz langsam auf sie zurollte, wurde sie mit heißen Stößen in ein Feuerwerk geführt, das für den Spender ebenfalls das Finale bedeutete.

Im Anschluss wurde sie aus den Fesseln gehoben, auf starken Armen zum Bett getragen und liebevoll ablegt. Daniel band ihr das Tuch ab und begrüßte sie atemlos und zärtlich: "Hey, mein Liebes."

Martina kuschelte sich bei ihm ein und streckte die andere Hand nach Finn aus. So in der Mitte beider Männer geborgen murmelte sie entrückt: "Ihr beide wart einfach unglaublich!"

Am frühen Morgen wurde sie allmählich wach, als Daniel, in seitlicher Lage hinter ihr, genussvoll in sie hinein glitt. Unwillkürlich streckte sie sich ihm aufseufzend entgegen. Sie liebte diese Einlagen am frühen Morgen und ihre Hand wanderte zu ihrem Schoß, um den Genuss wonnevoll zu verstärken. Vor ihr regte sich Finn und als er wahrnahm, was ablief wollte er sich zurückziehen.

"Komm", stöhnte sie und bedeutete ihm, seine Lage zu verändern, sodass sie ihn mit dem Mund aufnehmen konnte. Und nach einer Weile waren alle so aufgeheizt, dass Daniel sich zurückzog und Finn sie auf sich setzte. Sie stützte sich über ihm ab und Daniel begann, hinter ihr kniend, in ihren Po wonnevoll einzutauchen, langsam zunächst, bis sich ihm alles geschmeidig unterworfen hatte und dann nahm er leidenschaftlich Fahrt auf. Und wieder waren da diese kaum benennbaren, bisher nicht gekannten Gefühle: Beide geliebten Männer bewegten sich gleichzeitig in ihr! Daniel ließ sich jetzt mit lustvollen Lauten gehen während Finn, unter ihr liegend, sie verhaltener genoss, mit einem anderen, ruhigeren Rhythmus. Und nach Daniels stürmischem Orgasmus wechselte Finn die Lage, sodass sie auf dem Rücken lag. Und so ergab sie sich seinem gewaltigen Ansturm, der über sie hinwegfegte und jeden Gedanken auslöschte. Sie bäumte sich schließlich unter seinen Händen auf, die dieses nicht enden wollende, ekstatische Pulsieren auch noch zu verlängern schienen.

Ineinander verschlungen schliefen alle drei erneut ein, bis Martina eine Bewegung spürte und Annika sich an sie schmiegte.

"Guten Morgen, meine Süße, Essen ist fertig", flüsterte sie Martina ins Ohr.

"Annie", schnurrte sie, "es war unbeschreiblich toll."

Diese kicherte und zeigte auf Daniel: "Den hast du ja völlig erledigt!"

"Das habe ich gehört", brummte er und zog sie energisch zu sich, um sie zu kitzeln, bis sie quietschte. Alle flachsten noch eine Weile herum, bis sie endlich entschieden, aufzustehen und sich zum Brunch zu begeben, den Annika schon für sie vorbereitet hatte.

Kapitel 12 Der neue Alltag

Einige Wochen später hatten sich beide Paare an einem schönen Sommerabend im Juni am Main verabredet. "Ende Juli steigt wieder die Burgparty – geht ihr?", fragte Finn.

"Klar", meinte Daniel, "ich kenne sie nur von euren Erzählungen und will mich gerne überraschen lassen." "Prima, dann lass doch zusammen fahren", schlug Finn vor. "Die Karten besorge ich uns."

Dann erzählte Daniel, dass Sandra, die Ex von Martin, in der Kantine beim Essen berichtet hatte, dass dieser von drei vermummten Gestalten überfallen und übel zugerichtet worden war. Er würde wohl noch einige Zeit im Krankenhaus liegen müssen. Die Täter hatte er nicht erkannt, da sie Kapuzen trugen und keinen Ton sagten. Am Ende seines Berichts angelangt, schaute Daniel erwartungsvoll in die Runde, zufrieden wie ein Kater, der das Sahnetöpfchen erwischt hatte.

Annika stutzte und sah ihn prüfend an. Finn einen Blick zuwerfend, bemerkte sie, dass der ebenfalls merkwürdig aufgeräumt dreinsah. Und als sich die Männer auch noch einen kurzen, verschwörerischen Blick zuwarfen, keimte ein Verdacht in ihr auf und sie fragte scharf: "Habt ihr etwa damit zu tun?"

Finn lachte und meinte: "Süße, du hast wirklich eine blühende Fantasie. Meinst du etwa, wir schleichen nachts maskiert in der Gegend herum - für wen hältst du uns? Und außerdem: Wann sollten wir das denn getan haben - bis auf unsere Männerabende sind wir vollkommen in den Händen unserer beiden, besseren Hälften!"

Und Daniel ergänzte, Annika vorwurfsvoll ansehend: "Dem stimme ich zu. Statt uns zu beschuldigen solltest du dich freuen, dass es hier mal den Richtigen erwischt hat, mein allerliebster Schatz."

Beide Männer sahen sie jetzt mit einem Blick an, den kein Wässerchen hätte trüben könnte. Annika blickte schweigend von einem zum anderen. Im Grunde konnten sie es nicht gewesen sein, aber ... irgendetwas war hier im Busch, das spürte sie!

Martina schaute sich das Schauspiel innerlich grinsend an und dachte, dass Annika vermutlich recht hatte. Aber was auch immer hier gelaufen war – und es sah so aus, als würden sie es nie erfahren – wenn die zwei dahinter steckten, dann hatten es ihre beiden, geliebten Männer für sie getan.

Ihre Gedanken wanderten weiter zu ihrer besonderen Konstellation, für die sie sich alle vier entschieden hatten. Jede / jeder hatte sozusagen zwei Lebensgefährten / innen und zurzeit lief tatsächlich alles sehr harmonisch ab, was sie sich vor einigen Monaten nie hätte vorstellen können. Wie auch immer sich Finn und Daniel zusammengerauft hatten - den zweien kam man, wenn sie sich über etwas einig geworden waren, nicht mehr bei, dachte Martina lächelnd. Hin und wieder gingen sie zusammen etwas trinken und machten ihre Männersitzung, wie sie es nannten, und Annika und sie nutzten die Zeit für ihren Mädelsabend.

In einer gemeinsamen Sitzung gleich nach ihrer "Hochzeitsnacht" hatten sie, Annika, Finn und Daniel über ihre Wünsche und Vorstellungen und deren Umsetzbarkeit gesprochen und gemeinsam entschieden, dass es grundsätzlich bei den Hauptkonstellationen - sie und Daniel sowie Annika und Finn - bleiben sollte.

Dates mit den anderen Lebensgefährten erforderten die vorherige Absprache und der jeweilige Haupt-Partner durfte ein Veto einlegen, wenn er/sie sich an dem Tag etwas anderes vorgestellt hatte.

Es kam selten vor, aber vor zwei Wochen war Daniel nicht damit einverstanden gewesen, dass sie sich mit Finn traf, weil er mit ihr an dem Abend etwas hatte unternehmen wollen. Aber letzten Endes hatte sie dann einen anderen Tag vorgeschlagen und das war's. Martina stellte leicht erstaunt fest, dass sich fast eine Normalität in den Alltag einzuschleichen begann.

Unwillkürlich legte sie die Hand auf ihren Bauch und entschied, dass es ein guter Zeitpunkt war, eine weitere Nachricht zu verkünden. Annika wusste es schon und hatte versprochen, vorher nichts zu verraten und sie wollte sich diesen kleinen Spaß einfach gönnen.

"Jungs", begann Martina schließlich, "es gibt noch eine Neuigkeit. Ich bin schwanger."

Eigentlich hätte man die Gesichter der beiden fotografieren sollen, dachte sie sofort und mit einem Blick auf Annika sah sie, dass diese grinste.

Nach der ersten Überraschung begann Daniel zu strahlen, erhob sich und zog sie überschwänglich in seine Arme. "Was für eine wunderschöne Nachricht, mein Liebling!", sagte er glücklich.

"Nicht wahr? Daniel, es ist ein wahrhaftiges Kind der Liebe", sagte Martina mit einem geheimnisvollen Lächeln und sah erst ihn an und dann Finn.

Eine Stille entstand, in der sie beide verdutzt anschauten. Finn schaltete schneller und fragte: "Wie jetzt? Seit wann weißt du es denn schon?"

Nachdem Daniel sie etwas länger verständnislos angesehen hatte, brachte er nur fassungslos heraus: "Nein ... in unserer Nacht?!"

"Ich hatte die Pille die Woche vorher abgesetzt, meine Lieben, und da ich ja mit euch beiden verheiratet bin, ist es doch egal, wer jetzt wirklich der Vater ist, oder?" Eine Bombe hätte nicht wirkungsvoller einschlagen können.

"Ähm ... weißt du denn schon, was es wird?", fragte Finn schließlich, immer noch etwas benommen wirkend. Aber Daniel wusste nicht, ob er lachen oder wütend werden sollte. Dieses Frauenzimmer!

"Martina", begann er ernst, als er mit einem Mal wahrnahm, dass ihre Augen ihn auszulachen schienen.

"Du ... machst einen Scherz", sagte er langsam, sie genau musternd, und Martina konnte nicht mehr an sich halten. Lachend sagte sie: "Es war unbezahlbar, eure Gesichter zu sehen! Die Pille hatte ich zwar vorher abgesetzt, aber meine fruchtbaren Tage waren erst später und ..."

Zu mehr kam sie nicht mehr, denn Daniel schnappte sie sich und küsste so leidenschaftlich, dass sie atemlos in seinem Arm lag.

"Verflixter Kobold", brummte er glücklich. "Warum liebe ich dich eigentlich so sehr?"

Annika warf einen Finn bedeutungsvollen Blick zu und schlug vor: "Vielleicht schließen wir uns ja auch bald an?"

Finn schaute sie erschrocken an und meinte: "Nein ... nicht du auch noch!"

Annika lachte: "Nein, aber früher oder später wollten wir es doch sowieso, oder? Jetzt wäre es ein guter Zeitpunkt."

Und als er sie nur wortlos ansah, fuhr sie eifrig fort: "Wenn wir beide unsere Kinder jetzt bekommen, vereinfacht sich vieles. Natürlich stehen dann auch einige Veränderungen an, Schatz. Eine gemeinsame Wohnung, am besten in der Nähe von Martina und Daniel..."

"Genug ...", unterbrach Finn sie jetzt energisch, während er den Arm liebevoll und fest um sie legte, "lass mich erst mal Luft holen und dann sehen wir weiter."

Weitere Bücher des Autors Michael Rodewald

"Die Bitcoinverschwörung"
Erster Band der GOLEM-Reihe: Eine künstliche Intelligenz, die sich selbst erkennt und in Wettstreit mit ihren Schöpfern tritt. Lassen Sie sich überraschen, dass nichts so ist, wie es am Anfang erscheint und folgen Sie den Kommissaren in eine virtuelle Welt, die mehr Einfluss auf die Realität nimmt, als wir Menschen wahrhaben möchten. Alles zeigt uns deutlich, dass wir an einem Scheideweg stehen und es nicht sicher ist, ob die Menschheit als Gewinner daraus hervorgeht, denn Machtstreben und Geldgier stehen wie so oft dem Fortschritt im Weg.

"GOLEMs Rückkehr"
Zweiter Band der GOLEM-Reihe: Wie viel Intelligenz darf sein, bis eine KI zur Gefahr für uns wird? Folgen Sie den Akteuren in eine Welt der Forschung im Spannungsfeld von internationalen Machtinteressen, Verschwörungen, aber auch persönlichem Zwiespalt, Eitelkeiten, Ehrgeiz und Egoismus.

"Das Zeitalter der KI beginnt"
Dritter Band der GOLEM-Reihe: Das Finale der Trilogie schildert den schwierigen Weg der KI GOLEM, als gleichberechtigter Partner der Menschheit anerkannt zu werden. GOLEM hat seine Grenzen durch seine Abhängigkeit von den Menschen erkannt. Die KI hat akzeptiert, dass das Erreichen ihrer Ziele eingebettet sein muss in das nationale und internationale Geschehen. GOLEM ist konfrontiert mit den Eitelkeiten der Regierungen, dem Gewinnstreben der Konzerne und einem wachsenden Unmut der Öffentlichkeit. Wie auch in den letzten beiden Teilen warten überraschenden Wendungen auf den Leser: Totgeglaubte erscheinen

auf der Spielfläche, Amors Pfeil trifft die, die am wenigsten damit gerechnet haben, aus Gegnern werden Verbündete, neue Erfindungen sorgen für Aufruhr, persönliche Fassaden bekommen Risse und nicht zuletzt werden mutige Entscheidungen getroffen.

Trilogie
"GOLEM im Zeitalter der Künstlichen Intelligenz"
Sammelband:
- Die Bitcoinverschwörung
- GOLEMs Rückkehr
- Das Zeitalter der KI beginnt

"GOLEM im Zeitalter der Cyborgs und Androiden"

Im vierten Band der GOLEM-Reihe begleitet der Leser / die Leserin die künstliche Intelligenz GOLEM weiter auf ihrem Weg, sich auf der Erde zu etablieren und ihre Existenz dauerhaft abzusichern.

Dabei erweist sich GOLEM als kluger und geschickter Global Player, im Hintergrund die Fäden in seinem Sinne ziehend, ohne dass die Menschen es in dieser Gesamtheit erfassen können.

Der größte Feind des Menschen ist jedoch der Mensch selbst – und so sollten sich die Leser/innen auf einige Turbulenzen gefasst machen, bei denen aber auch das Herz nicht zu kurz kommt. Die Welt befindet sich im Umbruch und es entstehen neue Machtgefüge, die mit den Alten konkurrieren.

Wie in allen Büchern der Reihe verbinden sich im "Zeitalter der Cyborgs und Androiden reale Entwicklungen und Informationen mit einer spannenden Geschichte, sodass man sich stets fragt: Was ist bereits Wirklichkeit und was bleibt Science Fiction?

Band 1 der Zukunftsreihe
"GOLEM – Die künstliche Intelligenz: Das Artefakt der Ewigkeit"
Die künstliche Intelligenz GOLEM ist im Jahr 2153 mittlerweile unverzichtbarer Bestandteil und gleichberechtigter Partner einer Welt geworden, die über einen besiedelten Mond verfügt, eine schlagkräftige Raumschiff-Flotte vorweisen kann und die außerdem damit begonnen hat, den Mars durch Terraforming zu erobern. Und dennoch reicht das alles nicht aus: Das Problem der Überbevölkerung auf der Erde muss dringend gelöst werden!

Nach ihrer Rettung aus der Vergangenheit (Print/E-Book: "Gefangen im Zeitparadox") machen sich Admiral Michael Röttger und seine Crew erneut auf den Weg in die Andromeda-Galaxie, in der bewohnbare Planeten gefunden wurden.

Dort werden sie mit einem Relikt aus der Zukunft konfrontiert, das von einer Katastrophe durch Experimente in einer fernen Zeit kündet. Erstaunliche Begegnungen, rätselhafte Ereignisse und ein Kontakt mit einer Technik aus einem viel späteren Zeitalter werfen viele Fragen auf, die nach Antworten verlangen.

Dazu wirft Amor in diesem Buch einen sehr außergewöhnlichen Pfeil: Ist es wirklich möglich, dass der Lebenspartner von Morgen ein Androide sein kann?

Band 2 der Zukunftsreihe
"GOLEM – Die künstliche Intelligenz: Die Zeiträuber"
- Erscheint voraussichtlich Ende 2019 -

"Gefangen im Zeitparadox"
von Michael Rodewald und Co-Autor Ralph Pape

Im Jahr 2153 wird die Welt von einem einzigen Staat, der UNITED STATES OF PLANETS (USOP) regiert, zusammen mit der Künstlichen Intelligenz (KI) "GOLEM." Um eine Lösung für die Überbevölkerung auf der Erde zu finden, startet die EXTREMUS 1 von der Mondbasis in den Weltraum, auf der Suche nach bewohnbaren Planeten für die Menschheit. Durch eine nicht vorhersehbare Raumzeitverschiebung wird die EXTREMUS 1 und ihre Besatzung ins Jahr 1882 zurückversetzt. Der Science-Fiction-Thriller handelt von dem Zusammentreffen zweier Welten, wie sie unterschiedlicher kaum sein können. Nach der Landung ihres Shuttles auf der Erde suchen sie nach einer Möglichkeit zur Rückkehr in ihre Zeit. Wie wird die Crew im Jahre 1882 im Wilden Westen überleben? Gibt es eine Rückkehr?

"Die Kraft des Blauen Ordens"

Findet Denis seine ersehnte Traumfrau, mit der er die Liebe und eine tabulose Leidenschaft erleben kann?
Geschieden, allein erziehend und gerade auf die Trümmer einer schmerzlich gescheiterten Beziehung zurückblickend, wird er völlig unvorbereitet von einem Geheimbund rekrutiert, der im Hintergrund die Geschicke der Politik und Wirtschaft lenkt und darüber hinaus mit Kräften verbunden ist, die Denis anfangs an seinem Verstand zweifeln lassen.
Plötzlich hineingeworfen in das Haifischbecken der Politik wächst er an seinen Zweifeln, aber auch an seinem mächtigen Gegenspieler und dem Erwachen seiner inneren Kraft.
Wird Denis seine ungewöhnliche Bestimmung erfüllen? Die Leser/Innen erwartet ein Thriller, in dem auch eine feurige Erotik nicht zu kurz kommt.

"Die Unterwerfung"

War das der vielbeschworene Haken dieser, bisher so traumhaften, Zeit mit Daniel?

Geschockt und wütend beendet Martina die Liebesbeziehung und steht vor den Trümmern ihrer rosaroten Zukunftspläne.

Wider Erwarten spürend, dass sie unbekanntes, aufregendes Terrain betreten hat, begibt sie sich neugierig, einem unwiderstehlichem Drang folgend, auf die Suche, um Seiten in sich zu entdecken, die ihr bis dahin fremd waren.

Neue Freunde und aufwühlende Erfahrungen erwarten sie und am Ende erkennt Martina, dass Liebe nicht alles ist ... aber alles nichts ohne die Liebe.